Isolde Heyne
Yildiz heißt Stern

Isolde Heyne,
1931 in Böhmen geboren, studierte am Literaturinstitut in Leipzig und arbeitet heute als freie Autorin.
Ihr Werk wurde u. a. mit dem *Deutschen Jugendliteraturpreis* ausgezeichnet.

Weitere lieferbare Bücher der Autorin in Arena Verlag und Benziger Edition:
»Wenn die Nachtigall verstummt«
»Jerusalem ist weit«
»Treffpunkt Weltzeituhr«
». . . und keiner hat mich gefragt!«
»Ein anonymer Anruf«
»Der Ferienhund«
»Was macht die Maus im Zirkus?«

Isolde Heyne

Yildiz heißt Stern

Arena

Die Deutsche Bibliothek – CIP-Einheitsaufnahme
Heyne, Isolde:
Yildiz heißt Stern / Isolde Heyne.
- 1. Aufl. - Würzburg: Arena, 1994
(Arena life)
ISBN 3-401-04487-7

1. Auflage 1994

Einband und Reihenlayout: Wolfgang Rudelius
Gesamtherstellung: Chemnitzer Verlag und Druck GmbH,
Werk Zwickau
ISBN 3-401-04487-7

1.

Der erste Stein flog vorbei. Der zweite traf sie am Hals. Beim dritten Stein, den die Glatzköpfe nach ihr warfen, zerbarst klirrend eine große Fensterscheibe. Yildiz rannte, bis ihr die Luft ausging. Dann blieb sie stehen und faßte sich an den Hals. An der Hand war Blut. Sie preßte ein Papiertaschentuch auf die kleine Wunde und blickte sich um. Nein, die drei Typen waren ihr nicht gefolgt. Sie waren in entgegengesetzter Richtung davongelaufen.

Heftig atmend lief Yildiz bis zur Bushaltestelle. Sie versuchte, sich zu beruhigen, und drückte noch einmal das Papiertaschentuch auf die Wunde. Jetzt blutete sie nicht mehr.

Was wollten die Kerle von mir? dachte sie verstört. Warum haben sie mich mit Steinen beworfen? Unbewußt verglich sich Yildiz mit zwei Mädchen, die an der Bushaltestelle standen und über etwas kicherten. Sehe ich anders aus als die? Yildiz trug wie die beiden Jeans und Turnschuhe. Ihr langes kastanienbraunes Haar war mit einer Spange zusammengehalten. Warum haben die Kerle gerade mich angegriffen? Ich habe die doch noch nie gesehen!

Sie hatte es nicht mehr weit bis nach Hause. Deshalb wartete sie, bis jemand kam, hinter dem sie heimgehen konnte. Sie hatte immer noch Angst.

Yildiz ließ zwei Männer vorbeilaufen, dann schloß sie sich einer älteren Frau an. Sie versuchte, ruhig zu werden. So erregt, wie sie war, würden sie zu Hause garantiert wissen wollen, was passiert war. Aber sie wollte jetzt nicht gefragt werden, weder von ihren Eltern noch von ihrem Bruder Murat. Die verboten ihr womöglich, abends zum Volleyballtraining zu gehen. Murat sagte ohnehin bei jeder Gelegenheit: »Bleib unter unseren Leuten. Für die anderen bist du nur Ausländerin.«

Aber woher sollten die drei Glatzköpfe wissen, daß sie Türkin ist? Ihr Name stand nicht auf dem Gesicht, und Deutsch sprach sie so gut wie jeder andere Deutsche. Sie war hier in dieser kleinen Stadt geboren, ging aufs Gymnasium, und alle riefen sie nur Yil. Dunkelhaarige Mädchen gab es genug in ihrer Schule. Nicht nur ausländische. Yildiz warf das blutbeschmierte Taschentuch in einen Papierkorb. Ob die Wunde groß ist? überlegte sie. Warum haben die ausgerechnet mich mit Steinen beworfen? Warum nur?

Yildiz überlegte, was sie zu Hause erzählen sollte. Daß man sie mit Steinen beworfen hatte? Das ging auf keinen Fall. Mutter würde weinen, Vater würde ihr verbieten, allein aus dem Haus zu gehen. Und Murat war unberechenbar. Ihr Bruder würde womöglich mit seinen Freunden tagelang durch die Stadt ziehen und jeden, der sich den Kopf kahlgeschoren hatte, zusammenschlagen. Als sie die Haustür aufschloß, hatte Yildiz eine glaubhafte Erklärung für die Verletzung am Hals.

Natürlich war es beim Volleyball passiert. Sie war mit Ulrike gleichzeitig nach dem Ball gesprungen. Dabei waren sie zusammengestoßen, ganz einfach. Und Ulrike hatte sie mit ihren langen Fingernägeln am Hals erwischt. Ulrike hatte ja wirklich spitze Fingernägel, die sie auch regelmäßig lackierte.

Ulrike ist ihre beste Freundin. Sie würde das, ohne mit der Wimper zu zucken, bestätigen. Ich würde ja für Uli auch schwindeln, dachte Yildiz.

Außerdem war das gar keine richtige Lüge. Eigentlich war es nur eine Ausrede, beruhigte sich Yildiz, ja, eine kleine Ausrede, um die Eltern nicht aufzuregen.
»Bist du es, Yili?«
Durch die offene Wohnzimmertür sah Yildiz, daß Besuch da war. Ein Freund ihres Vaters mit seiner Frau. Sie steckte nur schnell den Kopf ins Zimmer und sagte: »Hallo! Ich muß erst duschen. Bin vom Sport ganz verschwitzt.« Dann verschwand sie nach oben in ihr Zimmer.
Sie zog das T-Shirt aus und betrachtete im Spiegel den kleinen Kratzer am Hals. Er war nicht schlimm, und Yildiz versuchte wieder, den Zwischenfall zu verdrängen. Sie haben mich sicher mit jemandem verwechselt. Das galt nicht mir. Bestimmt nicht.
Trotzdem wollte sie mit niemandem darüber reden, was geschehen war. Am wenigsten mit Markus. Hatten die Typen vielleicht beobachtet, daß sie oft mit Markus zusammen war?
Der Gedanke, Markus könnte von dieser Sache erfahren, war ihr unangenehm. Er würde das nicht einfach so hinnehmen. Sie kannte seine Meinung zu Skins und Rechtsradikalen. Er würde ausrasten.
Yildiz ging ins Bad und duschte. Sie hatte das Gefühl, sie müsse etwas von sich abspülen, so etwas wie Angst, Scham und Hilflosigkeit. Vorsichtig tupfte sie dann vor dem Spiegel die kleine Wunde ab, die nun wieder ein wenig blutete. Sie dachte: Eigentlich bin ich doch recht hübsch. Markus hat mir das auch schon gesagt und mich damit verlegen gemacht. Und Ulrike sagt, sie gäbe viel darum, so große dunkle Augen zu haben wie ich. Dabei ist sie auf andere Art schön. Blond und mit einem Teint wie Pfirsichhaut.
Ich kann nicht mal mit Ulrike darüber reden, was die Glatzköpfe gemacht haben. Die würde höchstens mit den

Schultern zucken und das mit der Bemerkung abtun: Blöde Typen gibt's überall. Mach dir nichts draus, Yili.
Aber ich mache mir was draus! Und erst recht, wenn Murat etwas davon erfährt und seine Truppe zusammentrommelt. Da könnte wer weiß was passieren. Murat denkt immer, als großer Bruder muß er mich beschützen. Dabei ist er erst achtzehn, nur zwei Jahre älter als ich.
Yildiz ging ins Wohnzimmer hinunter, um die Gäste ihrer Eltern zu begrüßen. Sie hatte sich etwas beruhigt und wußte, es war unhöflich, sich davor zu drücken.
Die Eltern waren in angeregtem Gespräch mit dem Besuch, und Yildiz setzte sich einfach zu ihnen. Der Freund ihres Vaters erzählte lautstark und fröhlich, was sie in ihrem vierwöchigen Urlaub zu Hause in der Türkei erlebt hatten. Sie waren wieder Mittelpunkt der Großfamilie gewesen, die in einem kleinen Dorf in Anatolien wohnte, nicht weit entfernt vom Meer. Sie hatten von dem in Deutschland Ersparten ein billiges Grundstück gekauft. Nach ihrer Rückkehr in die Türkei wollten sie dort ein Haus bauen, das sie vermieten konnten. Das machten alle so. Auch Yildiz' Eltern sparten und brachten einen Teil davon zu den Großeltern in die Türkei. Für später.
Yildiz erschrak, als sie durch ihren Vater aus den Gedanken gerissen wurde. »Was ist, Töchterchen? Hast du keinen Hunger? Iß etwas!« Serdal Toluk war stolz auf seine Tochter, und sie war es gewohnt, daß er sie seinen Freunden präsentierte. Aber an diesem Abend hätte sie lieber nicht so sehr im Mittelpunkt gestanden. Wie immer, wenn Besuch da war, war der Tisch reichhaltig gedeckt.
»Ich habe nicht viel Hunger«, sagte sie. Doch sie nahm sich etwas Obst, um weiteren Fragen aus dem Weg zu gehen. Plötzlich sah ihr Vater die Wunde am Hals und fragte, was geschehen war. Yildiz war froh, sich schon vorher die Not-

lüge ausgedacht zu haben. Sie wurde nicht einmal rot, als sie von dem Malheur erzählte. Serdal Toluk schüttelte unwillig den Kopf. »Es bleibt doch hoffentlich keine Narbe?«
»Nein, Vater. Das ist nur ein kleiner Kratzer. Das heilt schnell.«
Nachdem Yildiz eine Weile bei den Eltern und ihren Gästen gesessen hatte, ging sie in ihr Zimmer. Sie nahm ein Buch und versuchte zu lesen. Aber sie konnte sich nicht konzentrieren.
Später hörte sie, wie ihre Eltern die Gäste verabschiedeten, und löschte schnell das Licht. Gleich wird Mama noch kommen und fragen, was los ist, dachte sie. Ihr kann ich nichts vormachen. Mama spürt, wenn mit mir etwas nicht in Ordnung ist. Aber ich werde auch ihr nichts sagen.
Sie hörte den leichten Schritt, mit dem Mutter die Treppe in ihre Mansarde heraufkam. Leise öffnete Fatma Toluk die Tür. Yildiz rührte sich nicht. Sie tat, als schliefe sie schon. Die Mutter trat ans Bett und zog ihr vorsichtig die Decke hinauf bis zu den Schultern. Dann strich sie ihr zärtlich übers Haar und ging wieder aus dem Zimmer. Yildiz atmete auf. Ein paar Stunden Aufschub, dachte sie. Morgen fragt Mama vielleicht nicht mehr.
Sie liebte ihre Mutter sehr. Einmal hatte diese davon erzählt, wie schwer damals der Anfang für die Eltern in Deutschland gewesen war: Fatma Toluk war jung verheiratet mit ihrem Mann Serdal nach Deutschland gekommen. Sie verstand kein Wort der fremden Sprache, und vor den Behörden hatte sie schreckliche Angst. Noch nie war sie so weit von zu Hause weg gewesen. Damals, hatte sie gesagt, brannte das Heimweh wie Feuer in ihr. In der ersten Zeit wohnten sie bei Verwandten und Freunden, bis Serdal Toluk eine kleine Wohnung gefunden hatte. Das war mehr als zwanzig Jahre her.
Murat und sie waren in Deutschland geboren, beherrschten

also die deutsche Sprache besser als die türkische. Und vor allem die Mutter war es, die darauf geachtet hatte, ihre Kinder nicht abzukapseln und sie nur mit den Kindern der türkischen Familien spielen zu lassen. Sie wollte von Anfang an, daß sie sich zu Hause fühlten in Deutschland.
Mutter wußte in den kleinen Dingen des Alltags besser Bescheid als Vater. Der kümmerte sich vor allem ums Geldverdienen.
Murat war gerade in die Schule gekommen, da eröffnete er ein Geschäft. Obst, Gemüse, Gewürze, später auch Käse und Fleisch. Bald konnte man in seinem Lebensmittelgeschäft alles bekommen.
Und von Jahr zu Jahr ging es besser. Jeden Morgen holte Serdal Toluk mit dem eigenen Lieferwagen frische Ware aus der Markthalle. Manches bezog er sogar direkt aus der Türkei. Von Anfang an half ihm die Mutter im Laden. Bei ihnen kauften fast alle Türken ein, die in der Nähe wohnten. Und viele Deutsche auch.
Aber vor ein paar Wochen hatten irgendwelche Schmierfinken an den heruntergelassenen Rolladen des Geschäfts »TÜRKEN RAUS!« gesprüht.
Mutter hatte große Angst bekommen und sogar geweint. Murat war die nächsten drei Abende nicht nach Hause gekommen, hatte aber trotzdem nichts über die Schmierer in Erfahrung gebracht. Erstaunlicherweise hatte der Vater nicht getobt, sondern war nur kopfschüttelnd und wütend im Geschäft auf und ab gelaufen. »Das sind Kriminelle. Die gibt's überall«, hatte Serdal dann gesagt und das Geschmier überpinselt. Gesprochen hatte er darüber nicht weiter. Waren das etwa auch solche Glatzköpfe gewesen wie die drei, die sie mit Steinen beworfen hatten?
Yildiz zog die Decke über den Kopf und weinte. Sie fühlte sich plötzlich so wehrlos, so ausgeliefert und klein.

2.

Yildiz war verunsichert. Sie fürchtete, die drei Glatzköpfe könnten ihr wieder irgendwo auflauern. Vorher hatte sie sich nie darum gekümmert, was Ausländern passierte. Die Meldungen im Fernsehen über Mölln und Solingen hörte sie sich an wie andere Katastrophen auch. Uns kann so etwas nicht passieren. Wir gehören doch schon so lange hierher. Schließlich wohnten sie schon immer in dieser Stadt und in dieser Straße. Sie kannten die Nachbarn, viele nannten sie bei ihrem Vornamen. Und die meisten kamen regelmäßig ins Geschäft und redeten immer ein paar Sätze mit der Mutter oder dem Vater. Als Kind hatte Yildiz vor dem Laden mit deutschen Kindern gespielt. Sie hatte Seilspringen geübt und auf die Platten des Fußwegs ihr Himmel-Hölle-Spiel gemalt. Es war eine ruhige Einbahnstraße, durch die nur wenige Autos fuhren.

Das schmale Mietshaus stand zwischen anderen in der Reihe. Es hatte einen kleinen Hof, wo Mutter die Wäsche aufhäufte und Murat sein Fahrrad, später dann sein Mofa reparierte. Yildiz' Zimmer war im Dachgeschoß, und sie war immer froh darüber gewesen, daß sie dort ihr eigenes Reich hatte. Murat war zu laut, und wenn er mit den Freunden aus seiner Clique zusammen war, dann dröhnte so laut Musik aus seinem Zimmer, daß das Haus zu wackeln schien. Die Eltern ärgerten sich jedesmal über den Krach. Aber noch weniger gefielen ihnen Murats Freunde. Alle waren Ausländer, sogar Araber und einige Jugoslawen waren dabei. Manche kannte Yildiz mit Namen. Sie brachten oft Broschüren oder Plakate mit. Und Yildiz wußte, daß sie diese Plakate nachts an die Litfaßsäulen oder an Hauswände klebten. Nicht nur in ihrer Stadt. Sie fuhren

auch zu Demos, sie vermummten sich. Und immer mal kam einer, der hatte ein blaues Auge oder eine Platzwunde am Kopf. Einmal hatte es deswegen großen Krach mit den Eltern gegeben. Der Vater hatte in der Küche getobt, und Murat hatte zurückgeschrien: »Wir lassen uns nichts gefallen! Wenn wir angegriffen werden, schlagen wir zurück!«
Wenn Yildiz unter irgendeinem Vorwand mal den Kopf durch die Tür steckte und einfach zuhören wollte, was bei Murat im Zimmer passierte, schob sie der Bruder immer wieder raus: »Yil, das ist nichts für dich, dafür bist du noch zu klein.«
Manchmal beschwerten sich die Nachbarn auch über den Krach, aber Fatma Toluk versöhnte sie jedesmal mit einem Lächeln. Ihr konnte einfach niemand böse sein.
Neben dem Laden im Erdgeschoß befanden sich noch ein Lagerraum und ein kleines Büro. Im Büro saß meistens nur Fatma, die alles Schriftliche erledigte. Sie war die Seele des Geschäfts, auch wenn es nach außen hin gar nicht so aussah. Sie wußte genau, welche Waren nachbestellt werden mußten, erfragte telefonisch die Preise in der Markthalle und beriet oft auch Kundinnen mit Rezepten. So ergänzte sie sich gut mit ihrem Mann, der kräftig zupacken konnte. Und Serdal Toluk war stolz auf seine Frau, die immer noch eine Schönheit war.
Neuerdings hatte sie einen Computer auf dem Schreibtisch stehen. Mit der Idee, so ein Gerät anzuschaffen, hatte sie schon lange gespielt. Anfangs hatte Serdal Toluk seine Frau nicht ernst genommen und darüber gelacht, schließlich aber doch zugestimmt, um ihr eine Freude zu machen. Yildiz hatte die Begeisterung der Mutter miterlebt, als der Computer geliefert wurde. Die Verzweiflung darüber, daß sie mit der komplizierten Bedienungsanleitung nicht zurechtkam, hatte sie sich ihrem Mann gegenüber nicht an-

merken lassen. Kurz entschlossen hatte Fatma Toluk einen Kurs besucht, und bald war sie perfekt an ihrem Computer. Ihr konnte seitdem keiner mehr vormachen, daß vorige Woche in der Markthalle der Blumenkohl oder die Tomaten teurer gewesen waren. Sie speicherte sämtliche Daten und stattete ihren Mann mit diesem Wissen aus, damit er preiswert einkaufen konnte. »Mein Computer hat sich längst bezahlt gemacht!« sagte sie oft lachend.

Yildiz war stolz auf ihre Mutter, die sich nicht nur um den Haushalt und das Büro kümmerte, sondern abends in der Volkshochschule noch eine Bauchtanzgruppe betreute. Auch Yildiz war ihre Schülerin. Privat natürlich. »Erstens macht es Spaß, und zweitens schadet es nicht, Yili, wenn du unsere Traditionen kennst«, sagte ihre Mutter.

Ihr Vater hatte ihr jedoch verboten, das Tanzen in der Schule und in der Öffentlichkeit überhaupt zu zeigen. Mutter hatte dazu nur gelächelt, so wie sie es immer tat, wenn sie ihrem Mann nicht widersprechen wollte, aber anderer Meinung war.

Natürlich hatte Yildiz versucht, Ulrike und auch ihrer zweitbesten Freundin Anna den Bauchtanz beizubringen, so gut, wie sie es eben schon konnte. Aber Jungen waren noch nie dabeigewesen. Nur Markus wußte davon. »Willst du das nicht mal zum Schulfest vorführen?« schlug er vor. Yildiz fand die Idee nicht so gut. Sie wußte, daß das Krach mit Vater geben würde. Und egal, wie verlockend der Gedanke war, einmal öffentlich aufzutreten und vor allen in der Schule zu zeigen, was sie konnte – *jetzt* ging das auf keinen Fall.

Natürlich hatte Ulrike den Kratzer an Yildiz' Hals sofort bemerkt. Auch Markus sah sie fragend an. Aber Yildiz hatte sich auch für sie schon eine Erklärung ausgedacht: »Ich bin

gestolpert, als ich das Fahrrad in den Keller gebracht habe. Da bin ich am Lenker hängengeblieben. Aber kein Problem. Bei mir heilt alles schnell.« Das ging ihr so leicht über die Lippen, daß sie nicht einmal errötete. Bisher hatte sie nie lügen müssen, aber nun schon das zweite Mal wegen dieser Verletzung. Sie hatte das Gefühl, Ulrike glaube ihr trotzdem nicht. »Was ist los, Yili? Ärger gehabt?«
»Ach Quatsch! Ich hab' Kopfschmerzen, das ist alles.« Damit wich sie weiteren Fragen aus.
Markus bekam ebenfalls ausweichende Antworten. »Sei nicht zickig«, sagte er. »Ich sehe dir doch an, daß etwas ist.«
»Nichts ist«, sagte sie auch zu ihm, als sie nach der Schule wie fast jeden Tag noch ein Stück gemeinsam gingen. »Ich muß meiner Mutter helfen. Es sind so viele Bestellungen in letzter Zeit. Und die Leute wollen plötzlich alle Rezepte aufgeschrieben haben. Hätte meine Mutter doch nie damit angefangen!«

3.

Als sie nach Hause kam, saß ihre Mutter in der Küche und hatte verheulte Augen.
»Was ist los?«
Fatma Toluk warf die Kartoffel, die sie gerade schälte, ins Wasser. Die Spritzer trafen Yildiz ins Gesicht. »Dein Vater ist verrückt«, sagte sie und wischte sich die Tränen aus den Augen. »Er will zur Polizei gehen. Zur Polizei, stell dir das vor!«
Wie ein Wasserfall brach es aus der Mutter heraus. Sie

schimpfte auf den Vater, auf seine Engstirnigkeit, seine Gutgläubigkeit gegenüber dem Gesetz, seine Naivität.
Yildiz begriff nicht gleich, warum sie so aufgeregt war. Erst nach und nach erfuhr sie, was geschehen war. Es war nicht bei der einmaligen Sprüherei auf dem Rolladen am Geschäft geblieben. In der Nacht war der Lieferwagen mit Hakenkreuzen beschmiert, und alle vier Reifen waren durchstochen worden. Dabei parkte der Vater den Transporter schon lange nicht mehr auf der Straße, sondern stellte ihn am Abend immer im kleinen Hof ab. Obwohl es kein Tor gab, erschien ihm das doch sicherer. Trotzdem hatte es also nichts genutzt.
Heute wollte der Vater erst spät einkaufen fahren, und als er in den Hof kam, war Yildiz schon in der Schule. Deshalb erfuhr sie jetzt erst davon.
»Hakenkreuze, Yildiz! An unserem Auto Hakenkreuze! Wer macht so was? Wir haben doch niemandem etwas getan! Und dein Vater will zur Polizei gehen. Als ob die uns helfen könnten! Sie werden uns vernehmen, und wir werden in ihrer Kartei stehen. Als wären wir Verbrecher!«
Yildiz dachte entsetzt: Das ist kein Zufall mehr! Aber sie nahm sich zusammen und sagte so ruhig wie nur möglich: »Das ist eindeutig Sachbeschädigung, Mama. Sie werden die Täter finden.«
Fatma Toluk schluchzte und kreischte: »Das geht doch gegen uns, als Ausländer, als Türken. Wie sollen wir uns da wehren? Wir können doch nur stillhalten, was haben wir denn für Rechte in diesem Land? Am Ende werden sie uns das Haus über dem Kopf anzünden wie in Mölln!«
»Mama, dreh jetzt nicht durch«, schrie Yildiz ihre Mutter an. »Die Täter von Mölln sind geschnappt und von einem deutschen Gericht verurteilt worden!«
Auf dem Küchentisch lag die aufgeschlagene Tageszeitung

mit den Lokalnachrichten. Yildiz starrte auf eine fettgedruckte Überschrift: *Unbekannte Skins warfen Steine.*
Yildiz überflog hastig die wenigen Zeilen. »Wie uns mitgeteilt wurde ... drei Jugendliche, die vorher schon am Bahnhof ... ein unbekanntes, dunkelhaariges Mädchen in der Kaiserstraße ... sachdienliche Hinweise nimmt ...«
Die Buchstaben und Sätze verschwammen vor ihren Augen. Yildiz hatte das Gefühl, als würde sie im nächsten Augenblick ohnmächtig werden.
»Hier, lies das!« Fatma Toluk tippte mit dem nassen Zeigefinger auf die Zeitung. »Steine auf Menschen! In der Kaiserstraße – das ist zwanzig Minuten weg von uns. Und heute nacht das bei uns! Ich halte es nicht mehr aus, Yil. Ich will weg hier, fort aus diesem Land.«
Yildiz begriff langsam, was damit gemeint war. Mutter wollte zurück, zurück in die Türkei, dorthin, wo ihre Eltern geboren waren, wo die Familie wohnte, die Großeltern, Onkel Musa und alle anderen Verwandten.
»Mama, das kann doch nicht dein Ernst sein!« sagte sie tonlos. »Ich gehe doch hier in die Schule. Ich spreche kaum Türkisch, sogar schlechter noch als Englisch! Was soll ich da in der Türkei?« Yildiz zeigte auf das Kopftuch der Mutter, das neben der Kartoffelschüssel auf dem Tisch lag. »Soll ich etwa so was tragen? Wie Tante Yücel und Pinat? Dann kann ich mir ja gleich ein Schild um den Hals hängen: Ich bin Türkin!«
Fatma Toluk setzte sich und legte die Hände auf die Wachstuchtischdecke. Ihre Finger zitterten, und sie sagte heiser und stockend: »Was ... was bleibt uns denn weiter übrig, als zurückzugehen?«
Yildiz dachte: Wenn Mama wüßte, was mir passiert ist! Sie darf das nie erfahren. Ein Glück, daß Murat auf einem Lehrgang ist.

Murat würde seine Freunde zusammentrommeln und losziehen. Und wehe, wenn er die Täter finden würde. Dann würde Blut fließen. Aber zurückgehen, zurückgehen würde Murat nie!

4.

Wie sollte das jetzt weitergehen? Yildiz konnte sich nicht auf ihre Hausaufgaben konzentrieren. Bisher hatte Mutter immer davor gewarnt, nicht übereilt zu handeln. Aber jetzt schien sie in Panik zu sein und völlig mutlos. Von Zurückgehen war bisher nie die Rede gewesen. Eher davon, daß Yildiz, wenn sie das Abitur gemacht hatte, hier studieren sollte. Das war doch was, den Verwandten in der Türkei sagen zu können: Yildiz ist klug, sie wird einmal Medizin studieren.

Sie konnte sich noch genau an das Gesicht ihres Großvaters erinnern. Der zog die Lippen geringschätzig nach unten und spie den Kautabak auf die Steine im Hof, wie immer, wenn er mit etwas nicht einverstanden war. Die Steine waren übersät mit braunen Flecken. »Wozu so viel Geld ausgeben, Serdal? Mädchen heiraten, so will es Allah. Und Mehmet wird nicht so lange warten, bis sie ausstudiert hat. Er braucht eine hübsche Frau und viele Kinder. Hübsch ist sie ja, unsere Yildiz, unser Sternchen.«

Damals hatte Yildiz an einen Scherz geglaubt. Ihr Vater hatte nichts dazu gesagt. Und Yildiz war davon überzeugt gewesen, daß er seinem Vater nur nicht widersprechen wollte. Sie waren zu Gast bei den Großeltern, und das Haus wimmelte nur so von Verwandtschaft. Großmutter Ayshe tätschelte ihr liebevoll die Wangen und zwinkerte ihr zu. Ein paar Tage später lernte sie Mehmet kennen. Ein Junge, der so alt war wie Murat. Er war genauso verlegen wie sie. Über das, was der Großvater gesagt hatte, sprachen sie beide nicht.

Diese Situation fiel Yildiz jetzt ein. Sie schüttelte den Kopf und versuchte, an etwas anderes zu denken. Es war ja lächerlich, solch einem Gerede Bedeutung beizumessen. Sie lebte hier, und auch ihre Mutter würde sich wieder beruhigen.

Natürlich war die Geschichte mit dem Transporter schlimm. Und wenn sie an die Begegnung mit den Glatzköpfen dachte, kroch immer wieder die Angst in ihr hoch. Autodiebstähle, Wandschmierereien und Einbrüche gab es fast täglich in dieser Stadt. Jetzt hatte es ihre Familie getroffen. Aber Vater war zur Polizei gegangen. Die Täter würden gefunden und verurteilt werden, und irgendwann war auch das vorbei und vergessen.

Vielleicht hatte auch Onkel Ufuk die Mutter verunsichert, er, der seit ein paar Monaten arbeitslos war und zurückwollte. Das war doch nicht mit der Familie des Onkels zu vergleichen. Vater hatte das Geschäft, sie selbst ging zur Schule, und Murat hatte als Automechaniker noch nicht ausgelernt.

Ich habe ja bisher keine Probleme gehabt, dachte sie. Wenn es mir wie Pinat ginge, die mit dem Kopftuch zur Schule muß. Onkel Ufuk war aber schon immer viel strenger als Vater. Nur zum Türkischunterricht muß ich, obwohl ich dazu überhaupt keine Lust habe.

Als sie wieder an das Kopftuch auf dem Küchentisch dachte, wurde ihr fast übel vor Angst. Hoffentlich hat Mama nicht vor, mir auch so ein Ding zu verpassen, dachte sie.

Jedenfalls werde ich mich auf keinen Fall dazu zwingen lassen.
Später, als sie beim Essen saßen, war das Kopftuch verschwunden. Yildiz atmete auf. Ihr Vater aber aß schweigend und hatte tiefe Falten auf der Stirn. Sie wagte nicht, etwas zu sagen oder zu fragen. Jetzt kein Öl ins Feuer gießen, dachte sie.
Nach dem Essen zog Serdal Toluk einen Brief aus der Tasche. Er knallte ihn wütend auf den Tisch. Der Brief war von der Versicherung. »Wieder eine Beitragserhöhung! Als ob wir nicht schon genug bezahlen. Das Schlimmste daran ist die Begründung!«
Serdal Toluk tippte mit dem Finger auf den Brief, und Yildiz las: »In Anbetracht der hohen Versicherungsschäden ausländischer Mitbürger sehen wir uns leider gezwungen, die Prämien . . .«
Yildiz las nicht weiter. Sie sah in den Augen ihrer Mutter schon wieder Tränen. Ihr Vater war hochrot vor Empörung. »Ich bin nicht der einzige, dem solche Briefe geschickt werden«, sagte er. »Bisher bin ich mit allen gut ausgekommen, ob es nun Deutsche waren oder Türken. Warum gibt es plötzlich solche Unterschiede?«
Fatma Toluk räumte das Geschirr vom Tisch. »Warum nennst du die Sache nicht beim Namen? Der Grund sind die Rechtsradikalen. *Sie* machen Unterschiede. Und sie zünden Häuser von Ausländern an und bringen Menschen um. Sie wollen uns aus dem Land jagen. Noch sind das Einzelfälle. Aber hör zu: Ich werde das Kopftuch, das Yücel mir geschenkt hat, nicht tragen. Yildiz hat recht. Sollen wir extra alle darauf aufmerksam machen, daß wir Türken sind?«
Yildiz bewunderte das Selbstbewußtsein der Mutter. Da war nichts mehr von schweigender, duldender Demut wie

bei den meisten türkischen Frauen gegenüber ihren Männern. Sie schien die Angst überwunden zu haben.
Gerade wollte sie etwas sagen, da fiel ihr auf, wie blaß ihr Vater auf einmal aussah. Sein Gesicht wurde zunehmend grauer. »Serdal! Serdal!« schrie die Mutter und öffnete ihm das Hemd. Es war wieder das Herz. Yildiz rannte ins Schlafzimmer der Eltern und holte die rote Sprayflasche.
»Danke, Töchterchen«, sagte Serdal Toluk. Nach einer Weile stand er auf und ging hinunter in den Laden.
»Er regt sich zu sehr auf«, sagte Yildiz. »Aber es ist gut, daß du ihm nicht in allem zustimmst. Ich kann mir auch nicht vorstellen, mit dem Kopftuch herumzulaufen oder gar statt der paar Wochen Urlaub bei den Großeltern für immer dort leben zu müssen.«
»Ach Yili«, seufzte Fatma Toluk. »Ich möchte einfach ruhig leben und keine Angst mehr haben. Aber wie können wir das, und wo? Fast die Hälfte meines Lebens habe ich in Deutschland verbracht. Wo ist mein Zuhause, Yildiz? Dort oder hier?«
»Ich habe immer hier gelebt«, sagte Yildiz leise. »Weißt du, daß ich nie türkisch träume? Wenn ihr von früher erzählt oder wenn Onkel Ufuk und Tante Yücel da sind und davon schwärmen, wie schön es in Anatolien ist, dann ist das, als ob sie von etwas Fremdem erzählen, das mich nicht berührt.«
Fatma Toluk strich ihrer Tochter über das kastanienbraune Haar. »Wir waren zu lange fort, Yildiz. Aber ich träume noch oft davon, wie ich als Kind mit den Eltern abends auf der Schwelle der Haustür saß. Meine Mutter zeigte mir damals immer einen großen Stern am Nachthimmel. Sie sagte, das sei der Abendstern. Ich weiß nicht, ob das stimmt. Ich kann sie ja nicht mehr fragen. Sie starb, als ich noch klein war. Aber als du geboren wurdest, hatte ich so großes Heimweh und sehnte mich nach meiner Mutter. Da haben wir dich Yildiz genannt. Yildiz heißt Stern.«

5.

Ein paar Tage später fuhr Serdal Toluk mit seinem Schwager plötzlich in die Heimat. »Ich bin bald wieder da«, tröstete er die Familie. »Ufuk braucht meine Hilfe. Wir müssen seine Rückkehr vorbereiten. Er will sich eine Arbeitsstelle ansehen, und ich soll ihn beraten. Außerdem muß ich nach den Eltern sehen. Dem Vater geht es nicht gut. Und ein Grundstück für uns will ich mir auch anschauen. Für später einmal . . .« Serdal blinzelte seiner Frau zu und lächelte. Fatma blieb jedoch ernst.

Der Vater hatte einen Bekannten, auch einen Händler, darum gebeten, täglich Obst und Gemüse fürs Geschäft aus der Markthalle mitzubringen. Fatma sollte den Laden offenhalten und Yildiz ihr nach der Schule helfen. »Murat wird mit aufpassen.«

Murat war gerade vom Lehrgang zurück und nickte ganz selbstverständlich zu den Anweisungen des Vaters.

»Was gibt's denn da aufzupassen?« Yildiz war wütend. »Wir werden doch allein damit fertig.«

Sie wußte allerdings, daß es dem Vater nicht allein um das Geschäft ging. Murat sollte sie beschützen. Sie fand das übertrieben und lächerlich. Murat, der lieber mit seinen Freunden in der Disco rumhing, würde ein guter Beschützer sein! Aber Murat war nun mal in den Augen des Vaters der Mann im Haus. Sie und die Mutter waren Frauen.

Was sollte auf einmal dieses alte Rollenspiel? Yildiz wußte, daß es bei den meisten türkischen Familien viel strenger zuging. Aber bisher hatte der Vater sich doch immer auf seine Frau verlassen, die im Geschäft viel besser Bescheid wußte und die deutsche Sprache akzentfrei beherrschte. Selbst wenn er auf den Ämtern zu tun hatte, bereitete sie ihm alles vor. Warum sollte das auf einmal anders werden? Nur weil die Mutter jetzt manchmal Angst hatte und am liebsten in die Türkei zurückkehren wollte? Warum hatte er ihr zugeblinzelt, als er von dem Grundstück sprach, das er sich anschauen wollte? Hatten die Eltern etwas vor, was sie nicht wußte?

Yildiz hoffte, ihr Vater würde zurückkommen und nicht mehr davon reden. Denn so war es bisher jedesmal gewesen: Erst war er froh, in die Heimat zu fahren. Dann war er glücklich, zurück aus der Türkei und wieder in Deutschland zu sein, bei seiner Familie, seinem eigentlichen Zuhause. Wenn man zu Besuch dort war, mit Geschenken für die Familie ankam, viel erzählen konnte, wie schön es im fernen Deutschland ist, dann sah alles anders aus. Aber sie hatte oft bemerkt, wie schwer es für manche in der Türkei Gebliebene war, einfach nur das Alltägliche zu bezahlen. In vielen Familien waren nur die Frauen zu Hause geblieben, die Männer arbeiteten im Ausland und kamen höchstens einmal im Jahr heim, wenn überhaupt. Und wenn einer in Deutschland Arbeit und Wohnung hatte, dann versuchten sie, mit der ganzen Familie nachzuziehen. Aber das wurde immer schwieriger, seit es auch in Deutschland immer weniger Arbeitsplätze gab.

Was wollte ihr Vater denn vielleicht später in seiner Heimat machen? Wieder einen Laden eröffnen? Davon gab es doch mehr als genug. In seinem früheren Beruf arbeiten? Yildiz überlegte, was ihr Vater gemacht hatte. Sie wußte nur, daß er mal in einer Baufirma gearbeitet hatte, dann als Lastwagenfahrer und schließlich in der Markthalle. Ob er überhaupt einen Beruf erlernt hatte, wußte sie nicht. In die Fragebögen schrieb er jetzt immer stolz »Kaufmann«.

»Können wir den Laden nicht schließen, wenn Vater weg ist?«

»Nein. Das Geschäft soll offenbleiben. Es ist besser so. Die paar Tage schaffen wir schon, Yildiz.«
Yildiz spürte, daß Vater nicht nur Onkel Ufuks und des Großvaters wegen nach Amasya fahren wollte. Ufuk würde leicht eine Arbeitsstelle finden, galt er doch in der Türkei als deutscher Facharbeiter. Er und Tante Yücel hatten sich nichts gegönnt in all den Jahren. Jede Mark hatten sie gespart, um sich den Traum vom eigenen Haus in der Türkei erfüllen zu können. Aber was hatte ihr Vater mit all dem zu tun? Hatte Mama ihn mit ihren Ängsten angesteckt? Spielte er wirklich mit dem Gedanken, hier alles aufzugeben und zurückzugehen? Hing das etwa mit dem beschmierten Rolladen und den zerstochenen Reifen seines Autos zusammen? Dabei war er doch derjenige, der immer wieder beschwichtigt hatte, das seien nur Einzelfälle, die Täter seien nur Kriminelle.
Yildiz zermarterte sich den Kopf, was die Ursache der plötzlichen Fahrt in die Türkei sein könnte. Vielleicht hatte die unplanmäßige Reise etwas mit dem Brief zu tun, den Vaters Bruder Musa geschrieben hatte. Vielleicht gab es Probleme mit der Familie, vielleicht ging es um mehr als Großvaters Krankheit.
Diese Gedanken beschäftigten sie, und Yildiz war in der Schule unaufmerksam. Jutta Merkel, die Mathelehrerin, stand vor ihrem Tisch. »Bitte wiederhole, was ich gerade erklärt habe.« Yildiz konnte es nicht. Sie hatte gar nicht hingehört. Zu weit weg war sie mit ihren Gedanken.
»Tut mir leid«, sagte sie leise. »Ich hab' nicht aufgepaßt.«
Es tat ihr wirklich leid, denn Jutta Merkel gehörte nicht zu den Lehrern, die ihren Unterricht einfach nur stur durchzogen, die ihre Schüler mit Problemen allein ließen. Sie sah den aufmerksamen Blick der Lehrerin. Yildiz stieg die Röte ins Gesicht, obwohl sie krampfhaft versuchte, es zu vermei-

den. Sicher dachte die Merkel jetzt, da wäre irgendwas mit Liebeskummer oder so. Ein paar Mädchen aus der Klasse kicherten. Jutta Merkel schüttelte den Kopf und stellte ihre Frage jemand anderem.
In der Pause stand Yildiz mit Ulrike und Anna zusammen auf dem Schulhof. »Was war denn vorhin?« fragte Ulrike. Yildiz wich aus, wie so oft in den letzten Tagen. Sie war sich nicht sicher, ob Ulrike verstehen konnte, was in ihr vorging. Noch vor wenigen Wochen war alles so leicht und unbeschwert, und nun lauerten überall Probleme. Würde Ulrike ihre Gedanken nicht abtun mit einer hingeworfenen Bemerkung: »Take it easy«?
Vielleicht nehme ich wirklich alles zu schwer, dachte sie. Anna wäre sicher noch viel drastischer und würde sagen: »Mach aus einer Mücke keinen Elefanten!«
Es hatte keinen Zweck, mit ihnen darüber zu reden. Viel zuviel hätte sie erzählen müssen. Sie war froh, als der Gong ertönte und die Pause zu Ende war.

6.

Auf dem Heimweg waren sie plötzlich wieder da. Als Yildiz um die Ecke in die Kaiserstraße bog, sah sie die drei Glatzköpfe am Kiosk stehen. Yildiz erschrak so sehr, daß ihr die Beine zitterten. Weglaufen war nicht mehr möglich. Auf die andere Straßenseite konnte sie aber auch nicht, denn da war ein Geländer zwischen Straße und Gehweg. Sie versuchte, so ruhig wie möglich vorbeizugehen. Aber die drei hatten sie sofort bemerkt. »He! Wen haben wir denn da?«

Yildiz war kaum zwei Schritte gegangen, da fiel scheppernd eine Bierdose vor ihre Füße. Nicht reagieren, dachte Yildiz. Nur nicht zeigen, daß du Angst hast.
Einer von ihnen war schon älter, neunzehn oder zwanzig vielleicht. Die beiden anderen schienen höchstens sechzehn zu sein. Sie trugen schwere Schnürstiefel, solche, die an den Sohlen genietet waren, und schwarze Lederjacken mit vielen Aufnähern. Die Köpfe waren bis auf eine kleine Stelle über der Stirn glattgeschoren. Der Ältere trug einen auffälligen Ohrring. Am Handgelenk hatte er eine Tätowierung.
Eine zweite Bierdose knallte vor ihre Füße. Yildiz ging weiter, ohne darauf zu reagieren. Das grölende Lachen der Skins dröhnte in ihren Ohren.
»Diese Knoblauchfresser haben immer noch nicht gelernt, daß man bei uns Ordnung gewöhnt ist. Wollen wir der mal deutsche Manieren beibringen?«
Das ist kein Zufall. Das sind die Typen mit den Steinen. Die wollen mich fertigmachen. Mich, mich, dachte Yildiz entsetzt. Es war ihr nicht einmal bewußt, daß sie anfing zu rennen. Hinter ihr grölte einer der Glatzköpfe: »Laßt sie laufen. Die kriegen wir noch! Keine Panik, Männer!«
Yildiz rannte wie ein gehetztes Tier. Warum lassen die mich nicht in Ruhe? dachte sie. Was wollen die von mir? Und dann: Warum sehen die Leute einfach weg und kümmern sich nicht darum, daß diese Skins mich anpöbeln!? Der dicke Mann am Kiosk, die Frau mit dem Kinderwagen, die zwei im Arbeitsanzug. Die tun so, als ginge es sie nichts an.
Sie lief um die nächste Ecke. Sie zwang sich, wieder langsam zu gehen. Plötzlich packte jemand ihren Arm und hielt sie fest.
Ihr blieb fast das Herz stehen. »Was rennst du denn so, Yili? Ich hab' dich ein paarmal gerufen, aber du läufst, als wenn der Teufel hinter dir her wäre.«

Es war Mark, der lachend vom Rad sprang. Yildiz fiel ihm vor Freude um den Hals. Ihre Beine zitterten noch immer. Sie mußte nach Worten suchen. »Entschuldige, ich habe dich nicht gehört, Markus.«

»Yili, was ist denn los?«

Markus legte seinen Arm um ihre Taille. Sie spürte seine Wärme und wünschte sich plötzlich, mit ihm allein zu sein und ihm alle ihre Ängste zu erzählen. Aber sie fürchtete, im nächsten Augenblick könnten die Glatzköpfe wieder auftauchen und sie erneut anpöbeln. »Komm weg hier!« sagte sie zu Markus.

Sie liefen durch die Fußgängerzone, über den Marktplatz und an den Geschäften vorbei. Yildiz konnte ihre Angst immer noch nicht abschütteln. Sie fühlte sich, als würde sie Spießruten laufen. Sah man ihr an, daß sie Türkin war, Ausländerin?

»Du hast heute nicht deinen besten Tag, was?« Markus spielte vermutlich auf ihr Versagen in Mathe an. »Hast du Probleme?«

Jetzt hätte sie ihm sagen können, was sie bedrückte. Aber sollte sie das hier machen? Mitten unter den vielen Leuten? Wahrscheinlich hatte Markus gar nicht mitbekommen, was die drei Kerle vorhin gemacht hatten?

»Nicht wegen der Schule«, sagte sie. »Aber zu Hause. Sie haben meinem Vater die Reifen vom Lieferauto durchstochen und den Rolladen beschmiert. Türken raus! Meine Mutter hat Angst, und mein Vater wird immer schweigsamer.«

»Diese verdammten Faschos!« Markus krallte seine Hand um den Lenker des Fahrrads. »Die werden immer brutaler. Aber das geht nicht gegen euch persönlich, Yili. Bestimmt nicht. Komm, ich bringe dich nach Hause.«

Yildiz schob seinen Arm beiseite. Er versteht mich auch

nicht. Er will mich einfach beruhigen. Er fühlt ja nicht die Angst und die Hilflosigkeit. »Du hast doch heute Judo«, sagte sie. »Und helfen kannst du mir im Moment auch nicht. Mir passiert schon nichts.«
Markus sah sie nachdenklich an, entgegnete aber nichts. Er brachte sie bis zur Kreuzung, an der sie sich gewöhnlich auf dem Nachhauseweg trennten. »Also tschüs, Yili. Und ruf mich an, wenn was ist!«
»Ja. Mach dir keine Sorgen, Mark.«
Warum habe ich nur soviel Angst, dachte sie. Bald werden die Kerle ein anderes Mädchen im Visier haben, dann lassen sie mich in Ruhe.
Sie sah Markus hinterher, der sich mit dem Rad an der Kreuzung zwischen den Autofahrern nach vorn schlängelte, um bei Grün gleich losfahren zu können. Und plötzlich erinnerte sie sich daran, wie Markus sie das erste Mal mit nach Hause genommen hatte. Sie hatten geglaubt, allein in der Wohnung zu sein. Markus hatte ihr die Wohnung gezeigt. Gerade als er sie im Arm hielt und küssen wollte, kam plötzlich sein Bruder Ben dazu.
Yildiz hatte damals noch nicht gewußt, wie die zwei Brüder miteinander auskamen. Sie war nur erstaunt gewesen, wie sehr sie sich äußerlich unterschieden. Ben gab sich sehr selbstbewußt. Er trug Anzug und Krawatte, seine teuren Lederschuhe waren blank geputzt und das Haar sauber gescheitelt. Markus war das ganze Gegenteil: Jeans, Turnschuhe und blonder Strubbelkopf.
»Wen haben wir denn da? Ist das etwa die Freundin meines kleinen Brüderchens?« hatte Ben gefragt.
»Ja. Aber laß uns jetzt in Ruhe!« Markus war plötzlich kalt und abweisend.
»He, nicht so schnell, Kleiner. Ich muß doch wissen, mit wem du dich herumtreibst!«

Markus hatte versucht, Ben aus dem Zimmer zu drängen. Aber der große Bruder schob ihn einfach beiseite. Er musterte Yildiz von unten bis oben.
»Ganz koscher siehst du aber auch nicht aus, Mädchen«, hatte er gesagt. Yildiz verstand nicht, was er damit meinte. Dann nahm er einfach ihre Hand und zog sie hinter sich her. »Komm mit, ich werde dir mal was zeigen. Damit ein wenig Klarheit in dein kleines Köpfchen kommt!«
Markus versuchte sie festzuhalten und preßte ein wütendes »Ben!« zwischen den Zähnen hervor. Aber sie folgte eigenartigerweise, fast willenlos, dem großen Bruder. Er stellte sie vor eine Tür im Flur.
»Mach die Augen zu!« befahl er, doch die Stimme klang nicht einmal unfreundlich. Dann öffnete er die Tür und schob sie sachte ins Zimmer.
»Und jetzt – Augen auf!«
Das erste, was sie sah, war ein großes Metallbett. Die Decke und das Kopfkissen lagen so glatt, daß nirgendwo eine Falte war. Über dem Bett hing ein Regal mit Büchern, die sorgsam nach der Größe geordnet waren. Darunter hingen drei Bilder, perfekt im Abstand untereinander und zum Regal angeordnet. Und plötzlich sah sie die Fahne neben dem Schrank, eine große seidene Hakenkreuzfahne. Daneben hing ein Dolch, und auf der anderen Seite waren eine Vielzahl von Orden und Emblemen. Ihr Blick irrte zurück, und mit einem Mal erkannte sie auf einem der drei Bilder den Kopf: Schnauzbart, Haare in die Stirn – das war Hitler! Yildiz zitterte am ganzen Körper. Ben drückte auf die Taste eines Recorders. Grelle Musik dröhnte aus den Boxen: ». . . Juden in die Lager, Türken in den Wald, Russen an die Wände, macht sie alle kalt . . .«
Yildiz wurde schwarz vor den Augen, in ihrem Kopf drehte sich alles.

»Komm, komm raus hier!« sagte Markus mit heiserer Stimme. Hinter ihr lachte Ben laut los.
Markus schob sie in sein Zimmer und drückte sie in einen Sessel. Willenlos ließ sie es geschehen. Nebenan ging der Recorder aus. Dann knallte die Tür. Ein Schlüssel wurde zweimal im Schloß gedreht und abgezogen.
Erschrocken fuhr Yildiz auf, als Ben plötzlich wieder in der Tür stand. Sie sah sein Lächeln, seine kalten Augen.
»So, ihr beiden – ich hoffe, daß ihr die kleine Lehrvorführung kapiert habt. Und für die Zukunft wünsche ich, daß diese Wohnung türkenfrei bleibt, verstanden?!«
Die Wohnungstür knallte, und Yildiz sackte in den Sessel zurück. Sie preßte die Hände vors Gesicht und weinte. Es war ein richtiger Krampf, der ihren ganzen Körper schüttelte. Markus drückte seinen Kopf an ihre Schulter und stammelte: »Entschuldige, Yili, bitte entschuldige . . . das habe ich nicht gewollt . . . Ich hasse ihn, dafür bringe ich ihn um . . . ich schwöre es dir!«
Das alles hatte ich schon wieder vergessen, dachte Yildiz, als sie zu Hause ankam. Irgendwie verdrängt hatte ich es, weil ich gemerkt hatte, wie klein und hilflos Markus in seiner Wut war.

7.

Mutter hatte Kundschaft im Laden. Sie sprach mit zwei Frauen türkisch. Sie redeten über Alltagsprobleme, Kochen, Kleidung, Arbeit. Eine neue Familie war aus der Türkei gekommen. Jemand hatte geheiratet. Jemand war

gestorben. Yildiz verstand nicht alles, aber es interessierte sie auch nicht besonders. Sie stellte ihre Schulsachen im Büro ab und hörte, wie sich die Frauen verabschiedeten. Die Ladentür blieb um diese Jahreszeit meistens offen. Yildiz wollte ihre Hefter und Bücher auspacken, da hörte sie, wie eine Obstkiste auf den Boden knallte. Sie erkannte die Stimmen sofort. »Wie sieht's denn hier aus? Müßte mal aufgeräumt werden, meint ihr nicht?«
Wieder polterten Kisten. Yildiz rannte in den Laden. Es waren die Skins. Einer kickte mit dem Stiefel Tomaten gegen die Regale. Der zweite warf Dosen in die Luft und lachte jedesmal, wenn sie krachend auf den Fußboden aufschlugen.
Der dritte Skin biß in einen Apfel, spuckte das abgebissene Stück auf den Boden und warf den Apfel an die Wand. »Türkenäpfel kannste einfach nicht genießen.«
Die drei warfen wahllos Obst und Lebensmittel auf den Boden und amüsierten sich darüber, wie sich Fatma Toluk vor Schreck an die Wand drückte und keinen Ton herausbrachte.
Yildiz lief um die Ladentafel herum. »Hört auf! Hört auf!« schrie sie. Erst jetzt bemerkten die Skins sie.
»Wen haben wir denn da?« lachte der größte von den dreien und zog sie brutal zu sich heran. Yildiz wehrte sich und schlug mit den Fäusten auf ihn ein. Er stieß sie weg, in die Richtung des zweiten, der versetzte ihr einen Schubs, und sie taumelte dem dritten in die Arme. Der griff ihr brutal in die Haare und zog sie im Kreis herum. Yildiz schrie vor Schmerz auf. Die drei lachten. Sie konnte den Kopf drehen, hatte plötzlich das Handgelenk des Jungen vor sich und biß ihm in die Hand. Erschrocken ließ er ihre Haare los. Yildiz rannte hinter die Ladentheke.
»Mama, Mama, ich rufe die Polizei!«

Einer der drei sprang auf den Ladentisch. »Hiergeblieben!«
»Spinnst du! Wir hauen ab!« rief der Große. »Los, los, weg!«
Plötzlich war Stille. Yildiz glaubte, aus einem schlimmen Traum zu erwachen. Aber es war kein Traum, es war Wirklichkeit.
Sie rannte zur Tür und schloß den Laden ab. Wortlos stellte sie die Kisten wieder an ihren Platz und sammelte das Obst, das unversehrt geblieben war, wieder ein. Die zerplatzten Tomaten und zerschmetterten Früchte warf sie in einen Eimer. Ihre Mutter stand mit blassem Gesicht dabei. Sie war nicht imstande, etwas zu tun. Der Schock saß zu tief.
»Ich habe Angst, Yili«, flüsterte sie verstört. »Angst, Angst, Angst! Was sollen wir tun?« Fatma Toluk setzte sich auf die Treppenstufen, die zu ihrem kleinen Büro führten. Sie hustete und rang nach Luft.
»Mama, ich weiß es nicht.«
Yildiz hatte jetzt vor allem Angst um ihre Mutter, da sich einer ihrer Asthmaanfälle ankündigte. Sie rannte schnell nach dem Spray, der ihrer Mutter das Atmen erleichterte, und hoffte inständig, daß der Anfall nicht so schwer sein würde, daß sie jetzt nicht noch einen Arzt rufen müßte. Fatma Toluk keuchte und hustete. Sie legte die Hand an den Hals und schrie: »Warum, warum?«
Yildiz sah ihre angstgeweiteten Augen. Sie legte ihren Arm um Fatma. »Sie sind weg, Mama. Komm, sei wieder ruhig. Ich bringe dich nach oben, und du ruhst dich aus.«
Als Fatma Toluk auf ihrem Bett lag, stopfte ihr Yildiz noch ein zweites Kissen unter den Rücken, damit sie besser atmen konnte. Langsam ließ der Anfall nach. Fatma Toluk war total erschöpft. »Was wird Vater sagen? Und Murat«, flüsterte sie.
Yildiz war froh, daß es ihrer Mutter etwas besserging.

»Vater ist nicht da, und Murat muß nicht erfahren, was passiert ist«, sagte sie beruhigend. »Du bleibst jetzt hier liegen, und ich bringe den Laden wieder in Ordnung. Reg dich nicht auf, Mama. Vielleicht waren es nur ein paar verrückte Chaoten.«

Fatma Toluk drehte den Kopf zur Seite. Yildiz sah, daß sie weinte.

Sie ging aus dem Schlafzimmer der Eltern. Sie wußte nicht, wie sie ihre Mutter noch trösten konnte. Ihr selbst war die Kehle wie zugeschnürt. Natürlich galt das uns, dachte sie. Aber sollte sie der Mutter sagen, daß die drei auch hinter ihr her waren? Verzweifelt versuchte sie, die Splitter der Vitrinenscheibe aus den Weintrauben zu klauben.

Sie hatte nicht auf die Zeit geachtet, die sie zum Aufräumen gebraucht hatte. Kunden hatten sie bei ihrer Arbeit nicht gestört, weil sie das Schildchen an die Ladentür gehängt hatte, auf dem »Vorübergehend geschlossen« stand. Jetzt erschrak sie, als es laut an die Schaufensterscheibe klopfte. Murat stand draußen. Sie öffnete ihm.

Er umarmte sie wie immer zur Begrüßung. »Na, wie war der Tag? Seid ihr gut zurechtgekommen? Warum habt ihr denn den Laden zugemacht?« Murat war in strahlender Laune und sah im ersten Augenblick gar nicht, was passiert war. Yildiz hatte es auch schon fast geschafft, die Spuren zu beseitigen. Aber plötzlich fiel sein Blick auf die zerbrochene Vitrinenscheibe und die Eimer mit dem unbrauchbar gewordenen Obst und Gemüse. »Was ist hier passiert? Wer war das?«

Bevor Yildiz etwas sagen konnte, kam ihre Mutter in den Laden. Sie hatte verweinte Augen und rote Flecken im Gesicht. »Nichts ist, Murat«, sagte sie schnell. »Ich hatte – mir war schlecht . . .«

Murat kniff die Augen zu einem schmalen Spalt zusam-

men. »Was ist passiert? Erzählt mir keine Geschichten. Ich will die Wahrheit!«
Die Mutter sank auf die Stufen zum Büro und schlug die Hände vors Gesicht. Yildiz stand zwischen dem schreienden Bruder und der Mutter und wußte nicht weiter. Und Murat wurde immer wütender, immer lauter.
»Ich will jetzt wissen, was hier los war. Von dir will ich es wissen, Yil.« Er packte seine Schwester an den Schultern und drehte sie zu sich um.
Yildiz schüttelte ihn von sich ab und schrie zurück. »Guck dich doch um, dann weißt du, was los war!«
Murats Gesicht lief zornrot an. »Die Skins? Es waren die Skins, stimmt's?«
Yildiz nickte. Die Mutter versteckte noch immer ihr Gesicht.
»Soll ich die Polizei rufen?« fragte Yildiz hilflos.
»Die Polizei?« Murat lachte höhnisch auf. »Dann kannst du auch gleich die Heilsarmee anrufen. Nein, nein, das regle ich anders.«
Der Bruder lief im Geschäft hin und her. Sein Gesicht war vor Wut feuerrot, und Yildiz ahnte, wie die Haßgefühle durch seinen Kopf jagten, wie er nach Rache sann.
»Hast du sie erkannt?«
Yildiz überlegte. Und erst jetzt fiel ihr ein, was sie so panisch erschreckt hatte. Die Kerle hatten Brillen auf, große dunkle Brillen. Sie hatte ihnen nicht in die Augen sehen können.
»Was für Brillen?« drängte Murat.
»Ich weiß es nicht mehr. Ich kann mich nicht an ihre Gesichter erinnern. Es ging alles so schnell.«
»Na gut«, stieß Murat zwischen den Zähnen hervor, »ich weiß schon, wo ich suchen muß!«
Yildiz sah, wie er die Fäuste so fest ballte, daß die Knöchel weiß hervortraten. »Diese Schweine, die werden was erle-

ben. Die können sich ihre Knochen schon jetzt numerieren. Wir sind genug, um ihnen zu zeigen, daß wir uns nicht mehr ducken!«
Plötzlich erhob sich die Mutter. »Nein! Misch dich da nicht ein«, bat sie angstvoll. »Wer weiß, was noch passiert. Du bist so voller Haß, Murat.«
Auch Yildiz versuchte, ihren Bruder zurückzuhalten. Sie kannte Murats hitzige Reaktionen. Sie wußte auch, wie aggressiv seine Freunde sein konnten, wenn sie sich provoziert fühlten. »Laß das sein, Murat!« sagte sie. »Ihr wißt ja gar nicht, ob ihr die Richtigen erwischt. Und denkst du, die warten nur auf euch, um sich verprügeln zu lassen?«
Murat zog verächtlich die Mundwinkel herunter. »Typisch Weiber. Hier geht's um mehr, hier geht es auch um unsere Ehre. Unsere Ehre als Türken.« Ohne auf die Bitten der Mutter zu hören, lief Murat aus dem Laden. In der Tür drehte er sich noch einmal um. »Wir finden die Glatzen, da kannst du sicher sein, Yili.«
Es war kurz vor achtzehn Uhr, und Fatma Toluk holte mit Yildiz die Kisten herein, die draußen standen. Dann schloß sie die Tür ab und ließ den Rolladen herunter. »Was soll ich jetzt tun, Yili? Wie können wir Murat zurückholen?« sagte sie. »Was er vorhat, bringt doch nur neue Schwierigkeiten. Wenn nur Vater dagewesen wäre!«
»Der hätte auch nichts daran ändern können«, antwortete Yildiz resignierend. »Der hätte am Ende genauso alles aufgeräumt wie wir.«
Später lag sie lange im Dunkeln und wartete darauf, daß Murat endlich heimkäme. Es war weit nach Mitternacht, als sie endlich seine Schritte auf der Treppe hörte. Sie erhob sich und schlich leise in sein Zimmer. Er hatte nur die kleine Lampe neben seiner Liege brennen, und so konnte sie sein Gesicht nicht genau sehen.

»Was war?« fragte sie, ohne Umschweife zu machen. »Erzähle!«
Murat drehte ihr den Rücken zu. »Was soll gewesen sein? Sie werden es nicht noch mal probieren.«
»Murat, wo habt ihr sie getroffen? Hat es eine Schlägerei gegeben? War die Polizei da?«
»Du fragst zuviel, Yil.«
»Du weißt also nicht einmal, ob es die Richtigen waren?«
»Es waren Skins, Glatzen! Basta!«
»Jetzt werden wir alle auf dem Hals haben«, sagte Yildiz tonlos.
Murat drehte sich zu Yildiz um. Sie erschrak über den harten Ausdruck in seinem Gesicht. »Aber jetzt haben wir klare Verhältnisse. Türke ist Türke – und Glatze ist Glatze. So ist das, Yil. Und jetzt hau endlich ab.«

8.

Yildiz versuchte, sich so normal wie nur irgendwie möglich zu verhalten. Sie ging mit Ulrike und Anna zum Schwimmen, traf sich mit Markus in der Eisdiele, bummelte durchs Warenhaus. Aber immer hatte sie Angst. Ihre Mutter behielt die Aufräumefrau da, damit sie nicht allein im Laden sein mußte, falls die drei wiederkamen. Aber die waren wie vom Erdboden verschluckt. Yildiz war froh darüber. Sie dachte: Vielleicht war es doch richtig von Murat, den Skins zu zeigen, daß wir uns wehren.
In einer Woche würde ihr Vater wieder zurück sein. Da würden sie es vielleicht nicht wagen, noch einmal in den

Laden zu kommen. Mit einer Frau trauten sie sich das schon eher. Feiglinge.
Yildiz fuhr mit dem Rad den Weg am Fluß entlang. Sie war bei Ulrike gewesen, die in Lindholz wohnte. Keine zehn Minuten mit dem Rad, wenn man die Abkürzung nahm. Es war ein schöner Radweg an den Feldern entlang und dann durch das Wäldchen. Yildiz schaute auf die seit der Kindheit vertrauten Bilder. Da war die Schiffsanlegestelle, dahinter der Campingplatz. Auf dem Fluß schwammen ein paar Boote, zwei Angler saßen auf dem Bootssteg, ein paar Kinder kickten mit einem Ball. Bald würden auch die letzten merken, daß es Herbst geworden war. Träge glitt der Fluß unter der Autobahnbrücke hin, am Ufer stritten sich die Enten. Vor sich sah sie den Dom, der etwas höher stand und von weit her zu sehen war. Es waren schöne und liebgewonnene Bilder.
Als sie die Straße wieder erreichte, fuhr hinter ihr langsam ein Golf. Sie steuerte an den rechten Fahrbahnrand, um das Auto vorbeizulassen, aber der Wagen folgte ihr mit der gleichen Geschwindigkeit wie vorher. Yildiz konnte den Grund nicht erkennen, denn wenn sie sich umdrehte, wurde sie von der Sonne geblendet. Dennoch wuchs mit jedem Meter, den sie zurücklegte, ein beklemmendes Gefühl. Aber es war nicht möglich, umzukehren oder nach links oder rechts auszuweichen. Außer ihr und dem Auto war niemand auf der schmalen Straße. Der Fahrer des Autos hupte plötzlich provozierend. Yildiz hörte aus dem offenen Fenster laute Musik. Wieder fuhr sie scharf rechts, um das Auto vorbeizulassen. Als der Fahrer nicht reagierte, sondern wieder nur laut hupte, zeigte sie ihm einen Vogel. »Dämliche Kerle!«
Da überholte das Auto rasch, bremste scharf und stellte sich quer vor Yildiz. Sie mußte auch bremsen und stürzte. Bevor

sie aufstehen konnte, sprangen vier maskierte Gestalten aus dem Auto. Yildiz schrie laut auf. Beim Sturz hatte sie sich am Fuß verletzt. Einer der Maskierten riß ihr die Hände auf den Rücken und zog sie nach oben. Ein zweiter klebte ihr den Mund zu, dann fesselte er auch ihre Hände mit Klebestreifen.

Yildiz wollte fliehen, doch die vier Gestalten hielten sie fest und drängten sie in das Auto, ohne auch nur ein Wort zu reden. Mit quietschenden Reifen fuhren sie davon. Als sie in die Hauptstraße einbogen, stülpte einer der beiden Maskierten, die sie auf dem Rücksitz in die Mitte genommen hatten, eine Wollmütze über ihren Kopf und drückte ihn derb nach unten. Yildiz bekam kaum Luft und versuchte, sich zu wehren. Aber die Hand auf ihrem Nacken ließ nicht locker. Was wollen die von mir? dachte Yildiz entsetzt. Wohin bringen die mich? Immer noch schwiegen die Typen. Dafür dröhnte Musik aus den vier Lautsprechern. ». . . Juden in die Lager, Türken in den Wald . . .« Diese Musik hatte sie schon einmal gehört. Bei Ben. Sie versuchte erneut, sich vom Griff im Nacken zu befreien. Sie wußte nicht, wohin sie fuhren, und hatte auch keinen Zeitbegriff mehr. Sie mußten auf einer stark befahrenen Straße sein. Dann fuhren sie langsamer, und der Maskierte, der ihren Kopf nach unten gedrückt hatte, zerrte sie am Haar nach oben. Die Mütze nahm er ihr nicht ab. Yildiz schnappte nach Luft. Das Auto schaukelte über holprige Wege und hielt.

Als einer der vier ihr die Mütze vom Kopf riß und sie aus dem roten Golf stieß, sah Yildiz, daß man sie in einen Wald gefahren hatte. Aber wo war das? Und was wollten die Kerle von ihr?

Die vier Maskierten stießen sie auf dem schmalen Waldweg voran. Einer fuchtelte mit einer Pistole vor ihren Augen

herum. O Gott, dachte Yildiz. Was werden die mit mir machen? Ihr Fuß schmerzte höllisch, aber die Typen drängten sie immer tiefer in den Wald.
Endlich blieben sie stehen. Bisher hatte noch keiner der vier gesprochen. Auch jetzt deutete der eine nur auf Yildiz, und ein zweiter fesselte sie mit Klebestreifen an Händen und Füßen an den glatten Stamm einer Buche. Yildiz wollte schreien, aber durch den Klebestreifen auf dem Mund brachte sie nur unartikulierte Laute hervor. Der mit der Pistole schien der Anführer zu sein. Hinter der schwarzen Strumpfmaske sah Yildiz nur die Augen. Er kommandierte kurz und militärisch. »Fester fesseln!«
Mit schnellen, geübten Griffen wurden ihr die Arme noch weiter nach hinten gezogen, das Klebeband noch straffer festgemacht.
Sie konnte nur den Kopf bewegen.
Der Anführer sagte kurz und scharf: »Und, Männer? Was machen wir jetzt mit diesem türkischen Dreck?«
Der Kleinste zog plötzlich ein Springmesser. Er trat dicht vor Yildiz und schnitt ihr mit sicherem Griff das T-Shirt, die Jeanshose und die Unterwäsche vom Hals bis zum Schritt auf. Yildiz stand halb nackt da.
»Bumsen wir sie erst mal!« schlug der mit dem Springmesser vor. Er steckte das Messer weg und begann, seine Hose aufzuknöpfen.
Yildiz schloß die Augen. Ihr Herz raste, sie rang nach Luft.
»Halt!« sagte der Anführer im Befehlston. »Das wäre Rassenschande!«
Er trat nun selbst dicht an Yildiz heran und schob mit dem Lauf der Pistole die Kleidung noch weiter beiseite. Yildiz schauderte unter der Berührung des kalten Metalls. Macht doch Schluß, wollte sie schreien. Quält mich nicht noch, bevor ihr mich tötet. Aber ihr Mund war durch den Klebe-

streifen fest verschlossen. Nur ihr Stöhnen war zu hören. Und immer wieder die Kommentare des Anführers und das grölende Lachen seiner Kumpane.
Einer spuckte auf ihren nackten Leib. Die drei anderen taten es ihm nach. »Die denkt womöglich, daß sich ein echter Deutscher an einer Türkenhure vergreift!«
Yildiz konnte vor Angst keinen klaren Gedanken mehr fassen. Sie begriff kaum, was die Maskierten sagten. Der Anführer berührte mit dem Lauf seiner Pistole ihre Stirn. »Wer ist dafür?«
»Geht zu schnell!« kommentierte einer.
Der Pistolenlauf fuhr über das Gesicht bis zur Brust. »Brust?«
Yildiz spürte, wie der Pistolenlauf über ihre Haut nach unten fuhr. »Bauch? Oder noch weiter unten . . .«
Schieß doch endlich! Schieß doch! Yildiz schrie in ihrem Inneren, und es war, als ob sie die Schreie, die nicht nach außen konnten, zerrissen.
»Nein, Kopf!« sagte der Anführer. Er hielt Yildiz die Pistole an die Schläfe, und seine Kumpane zählten: »Neun, acht, sieben, sechs, fünf, vier, drei, zwei, eins . . .«
Yildiz stockte der Atem. Sie schloß die Augen. Neben ihrem Ohr knackte die Pistole. Aber es kam kein Schuß.
Die Maskierten grölten wieder. Yildiz öffnete die Augen und sah, wie der Anführer die Waffe wegsteckte. »Jede Kugel zu schade. Mach's mit dem Messer.« Einer der maskierten Kerle kam dicht an Yildiz heran. Statt des Pistolenlaufs spürte Yildiz nun die Spitze eines Messers auf ihrer Haut. Vom Bauch aufwärts über die Brust, den Hals und über das Gesicht glitt das Messer. »Aus Türkenhaut soll man prima Sachen machen können.«
Der Anführer hob die Hand, und das höhnische Lachen verstummte.

»Mach's kurz! So wie früher!« befahl er.
Er drückte ihren Kopf nach unten. Das scharfe Messer fuhr blitzschnell durch das Haar. Einmal, zweimal, dreimal ... Wie eine Trophäe hielt er die langen Locken hoch. Yildiz sah und hörte die vier nur noch wie durch einen Nebel, die Bewegungen wurden schemenhaft. Dann verlor sie das Bewußtsein.

Als sie wieder zu sich kam, wurde es bereits dunkel. Sie war nicht imstande, klar zu denken. Mühsam befreite sie sich von den Handfesseln. Dabei scheuerte sie sich an der Rinde des Baumes die Haut ab. Dann riß sie den Klebestreifen vom Mund. Auch das schmerzte. Sie spürte, wie ihr das Blut von den Lippen floß. Endlich hatte sie auch ihre Füße von den Klebestreifen befreit. Aber ihr fehlte die Kraft, sich sofort von dem feuchten Waldboden zu erheben. Sie versuchte, ihre Kleidung, so gut es ging, in Ordnung zu bringen. Ihr Fuß schmerzte noch immer. Sie fand zwar ihren Turnschuh, konnte ihn aber nicht über den geschwollenen Fuß ziehen.
Inzwischen war es fast dunkel geworden. Yildiz wußte nicht, wo sie sich befand. Sie tastete sich an den Bäumen entlang. Hoffentlich finde ich eine Straße, dachte sie. Und dann: Mama wird längst außer sich sein, weil ich nicht nach Hause gekommen bin. Sie wird die Polizei benachrichtigt haben. Sie werden mich suchen ...
Wie lange sie durch den Wald irrte, wußte sie nicht. Endlich kam sie auf eine wenig befahrene Straße. Doch wenn ein Auto kam, sprang sie zwischen die Bäume. In diesem Zustand traute sie sich nicht, jemandem unter die Augen zu kommen. Sie wußte nicht, ob es Scham war oder Angst. Sie zitterte am ganzen Körper.
Nach einiger Zeit sah sie die Lichter eines Dorfes. Kurz

hinter dem Ortseingangsschild war eine Telefonzelle. In ihrer Hosentasche fand sie ein Markstück. »Mama, hol mich ab!«
Sie setzte sich in der Telefonzelle auf den Boden. Sie hatte nicht mehr die Kraft, weiterzugehen.

9.

Fatma Toluk fuhr wie eine Wahnsinnige. Ihre Gedanken kreisten immer nur um die eine Frage: Was ist mit meinem Kind geschehen?
Yildiz hatte am Telefon nur den Namen des Dorfes gestammelt, von wo aus sie angerufen hatte. Habe ich in der Aufregung auch alles richtig verstanden? dachte Fatma verwirrt. Wenn ich mich verhört habe, und Yili wartet ganz woanders? Sie ahnte, daß etwas Schreckliches geschehen war.
Sie raste in das Dorf und bremste an der beleuchteten Telefonzelle. Allah sei Dank! dachte sie, als sie Yildiz vor der Zelle auf dem Boden sitzen sah.
Yildiz stand taumelnd auf und sank ihrer Mutter in die Arme. Fatma Toluk drückte ihre Tochter an sich, strich ihr übers Haar – und erstarrte vor Schreck.
Nach einer halben Stunde waren sie zu Hause. Fatma Toluk brachte ihre Tochter ins Bad und zog ihr die Sachen aus. Sie ließ Wasser in die Wanne. Yildiz zitterte immer noch.
»Was hat man mit dir gemacht?« fragte Fatma Toluk, als Yildiz mit geschlossenen Augen in der Wanne lag. »Bist du ... bist du vergewaltigt worden, Yili?«
Yildiz schüttelte nur den Kopf.

Wieder und wieder fragte Fatma: »Yili, was haben sie mit dir gemacht? Wer war es? Bist du vergewaltigt worden?«
»Sie hatten Masken«, stammelte Yildiz schließlich. »Nicht vergewaltigt. Aber es war schrecklich! Ich dachte – sie wollten mich – töten . . .«
Fatma Toluk wusch ihre Tochter und wickelte sie dann wie ein Kind in ein großes Badetuch. »Komm, ich bringe dich zu Bett.«
Yildiz konnte sich immer noch nicht beruhigen. Immer noch rannen ihr die Tränen übers Gesicht.
Bruchstückhaft und unterbrochen von Schluchzern erfuhr Fatma Toluk, was geschehen war. Sie gab Yildiz eine Schlaftablette und hielt sie in den Armen, bis sie eingeschlafen war.
Aber als Yildiz endlich schlief, brach Fatmas Verzweiflung hervor. Sie ging in ihr Schlafzimmer und warf sich stöhnend auf das Bett. Mit den Fäusten trommelte sie auf die Matratze. »Was sind das für Menschen? Was haben wir ihnen getan? Ich will raus hier, weg aus diesem Land! Weg, weg, weg! Ich hasse sie!«
Als sie ruhiger wurde, begann sie zu überlegen. Was sollen wir jetzt tun? Die Polizei . . . Nein, es würde nur die Schande größer machen, wenn alle davon erführen. Sie würden Yildiz ausfragen und von einer Stelle zur anderen schleppen, aber glauben würde man ihr nichts, weil sie es nicht beweisen kann.
»Keine Polizei!« hatte auch Yildiz vorhin unter Tränen gesagt. Aber sollte dieses Verbrechen ungesühnt bleiben? Sollten die Kerle einfach so weiterleben wie bisher, ohne eine Strafe zu bekommen? »Ich hasse sie alle!« Fatma Toluk schrie es in ihr Kopfkissen und krampfte ihre Hände hinein. »Ich hasse sie! Sie haben Yildiz töten wollen. Warum?«

Zum Glück blieb Murat über Nacht bei seinen Freunden. Sie sah das nach wie vor nicht gern, sie machte sich Sorgen um ihn, große Sorgen. Besonders nach der Geschichte im Laden. Heute aber war sie froh, daß er nicht zu Hause schlief. Er durfte keinesfalls erfahren, was geschehen war. Die Furcht vor den nächsten Tagen lag wie ein schwerer Stein auf Fatmas Brust. Sie spürte, wie ihr die Luft knapp wurde, und griff nach dem Asthmaspray. Nur jetzt keinen Anfall!

Ich bin feige, dachte sie. Will ich vielleicht nur alles vertuschen, damit Serdal mir keine Vorwürfe macht? Er würde sagen: Du hast nicht auf unsere Tochter aufgepaßt, Fatma. Wir werden sie nicht verheiraten können. Sie ist entehrt worden. Ich werde die Kerle niederschießen . . .

Vor ihren Augen sah sie das Blutbad, das Serdal und Murat anrichten würden. Am Ende aber würden sie entweder selbst dran glauben müssen oder wegen Mordes ins Gefängnis kommen. Lebenslang.

Nein, Serdal und Murat durften nichts davon erfahren. Es gab keinen anderen Ausweg, als zu schweigen.

Fatma Toluk erhob sich und riß das Fenster auf. Keuchend rang sie nach Luft. Endlich fiel ihr das Atmen wieder leichter. Sie blieb in der Dunkelheit am Fenster stehen. Was werden sie noch alles mit uns machen? Können wir uns überhaupt wehren?

Freilich, wenn sie das Haus angezündet hätten wie in Solingen oder in Mölln, dann würden sie die Täter ermitteln. Aber für die, die dort verbrannt sind, ist es zu spät. Die sind tot.

Tot. Wir müßten auch tot sein, meine Yili und ich. Dann könnten Serdal und Murat in die Heimat zurück. Und keiner würde von der Schande erfahren. Ein Unglücksfall – mit dem Auto . . .

Ich habe Angst, dachte Fatma Toluk. Welche Ängste wird Yildiz haben, wenn sie erst mal begreift, was mit ihr geschehen ist. Noch steht sie unter Schock . . .
Fatma kam sich so klein vor, so hilflos und gedemütigt. Sie dachte: Wie ertragen andere Menschen solches Unglück? Schweigen die auch? Halten sie auch still und wehren sich nicht? Warum habe ich denen, die den Laden verwüsteten, nicht einfach etwas an den Kopf geworfen, sie hinausgejagt, die Polizei gerufen?
Die Scham über ihr ängstliches Stillhalten trieb ihr nachträglich noch die Tränen in die Augen. Aber sie wußte: Ich werde auch diesmal feige sein. Morgen werde ich Yildiz in der Schule als krank entschuldigen. Das ist nicht mal eine Lüge. Und je mehr Zeit vergeht, desto bessere Ausreden werde ich finden. O Allah, was bin ich doch für eine schlechte Mutter!

10.

Yildiz stand bleich in der Küche. Aber sie bestand darauf, daß ihre Mutter an diesem Tag den Laden genauso pünktlich öffnete wie an allen Tagen.
Fatma Toluk nickte nur. Ihre Augen hatten jeden Glanz verloren. Yildiz sah ihr die Erschöpfung an.
»Mama, ich habe es mir genau überlegt. Niemand darf davon erfahren. Nicht mal Tante Yücel. Hörst du, niemand!« Dabei betonte sie jedes einzelne Wort.
Fatma Toluk nickte wieder. Zögernd sagte sie: »Dein Haar, Yili. Wir müssen es . . .«

Yildiz faßte mit den Händen an ihren Kopf. »Ich weiß, Mama. Es sieht schlimm aus. Vater wird ausrasten. Was sagen wir ihm?«
Fatma Toluk ging ins Bad. Als sie zurückkam, hatte sie ein Handtuch und eine Schere in der Hand. »Setz dich auf den Hocker, Yili. Wir müssen daraus wenigstens eine Frisur machen.«
Sie legte ihr das Handtuch über die Schultern und begann, das Haar zu schneiden. Dabei liefen ihr immer wieder die Tränen übers Gesicht. Sie wußte, wie stolz Serdal Toluk auf das lange kastanienbraune Haar seiner Tochter war. Er wird entsetzt sein, wenn er die kurzen Haare sieht, dachte sie verzweifelt. Wie erkläre ich ihm das nur?
Yildiz quälten die gleichen Gedanken. Aber sie dachte nicht nur an ihren Vater, sondern auch an Markus, an die anderen in ihrer Klasse. Sie würden fragen, und sie würden ihre Ausreden nicht glauben. Sie selbst würde nichts sagen, und keiner würde sie verstehen.
»Ich werde Vater sagen, daß ich dein Haar färben wollte, damit es schön glänzt«, sagte Fatma Toluk. »Und das ist mißlungen. So etwas gibt es doch, nicht wahr?« fragte sie unsicher.
Yildiz nickte. »Ja, vielleicht.«
»Wir müssen es versuchen.«
Fatma Toluk nahm ihr das Handtuch von den Schultern. Dann bückte sie sich und sammelte die abgeschnittenen Haare auf, die auf den Boden gefallen waren. »Sieht gar nicht so schlecht aus«, sagte sie schließlich und unterdrückte ihre Tränen. »Schau mal in den Spiegel, Yili. Und wenn Vater tobt, sagen wir ihm, daß deine Haare schnell wieder wachsen.«
Yildiz betrachtete sich im Spiegel. Es war, als ob eine Fremde sie ansah.

»Und was sagen wir Murat?«
»Dasselbe. Was sonst?« Fatma Toluk streichelte Yildiz über das kurzgeschnittene Haar. »Es wächst bestimmt schnell wieder.«
Yildiz schloß die Augen. Sie wollte allein sein, sich nicht mehr zusammennehmen müssen. Nachdenken können. Noch begriff sie das alles nicht, konnte sich Einzelheiten nicht ins Gedächtnis rufen.
»Geh, Mama. Es ist Zeit, daß du den Laden aufmachst. Es soll alles so sein wie sonst. Bitte, Mama.«
»Ich werde Tante Gülgün anrufen, Yili. Dann bin ich nicht allein im Laden«, sagte sie. Yildiz nickte nur. Gülgün war keine richtige Verwandte, aber alle sagten zu der freundlichen und hilfsbereiten Frau Tante. Sie half oft im Laden und im Haushalt. Es war gut, wenn Tante Gülgün heute bei der Mutter blieb.
Wenn Yildiz die Augen schloß, sah sie die schwarz maskierten Kerle vor sich, und das Gegröle klang in ihren Ohren. Auch die Musik aus dem Auto dröhnte in ihr nach. Das habe ich schon gehört, dachte sie immer wieder. Als ich bei Markus war und Ben dazukam. Der hat so eine Kassette in seinem Recorder.
Markus! Der Gedanke an ihn trieb ihr erneut die Tränen in die Augen. Was war, wenn er davon erfuhr? Wenn er durch Ben erfuhr, was die Kerle mit ihr gemacht hatten?
Yildiz hörte, wie ihre Mutter mit dem Mann sprach, der das Obst und das Gemüse aus der Markthalle brachte. Es war gleich neun, und im Laden würden sich Kunden einfinden wie an jedem Morgen um diese Zeit. Ihre Mutter würde also jetzt nicht nach oben kommen. Yildiz ging ins Badezimmer und stellte sich vor den Spiegel. Ein fremdes, trauriges Gesicht starrte ihr entgegen. Das bin ich also, dachte sie. So sieht Yildiz, der Stern, aus.

11.

Irgendwann erwachte Yildiz aus einem unruhigen Halbschlaf. Sie hatte bemerkt, daß die Mutter ein paarmal bei ihr im Zimmer gewesen war. Aber sie hatte sich schlafend gestellt. Ich muß mir selbst erst über alles klarwerden, dachte sie. Sie fühlte sich wie ausgebrannt, hatte nicht einmal die Kraft, aufzustehen.

Vielleicht hatte ihre Mutter doch recht, wenn sie in die Türkei zurückwollte. Dort würde Yildiz zwar eine Fremde sein – so wie hier! –, aber niemand würde sie dafür hassen. Sie hatte Angst, hierzubleiben, aber sie hatte ebensolche Angst, wegzugehen. Ich bin nirgendwo mehr zu Hause, dachte sie.

Wenn ich doch tot wäre! wünschte sich Yildiz. Dann würden sie um mich trauern und mich in einem schönen Sarg in die Türkei bringen lassen. Zu meinem Begräbnis würde auch Mehmet kommen, mit dem die Verwandten mich verheiraten wollen. Er wird nicht sehen, daß ich mein langes Haar nicht mehr habe. Mama wird mir einen Schleier über das Gesicht legen. Aber sie werden mich sowieso nicht anstarren können, weil der Sarg geschlossen ist. Ich brauchte mich dann nicht einmal anzustrengen, um zu verstehen, was sie auf türkisch über mich reden. Über Tote sagt man nur Gutes.

Markus würde sicher nicht dabeisein. Ihm bliebe ich in Erinnerung, so wie ich bis gestern war. Einmal habe ich ihm davon erzählt, was mein Name bedeutet und warum meine Eltern ihn mir gegeben haben. Er hat mein Haar zwischen seinen Fingern gehalten und gesagt, er könne sich gut vorstellen, daß darin ein Stern glänzt. Dann hat er mich geküßt. Mir ist vor Freude ein Schauer über den Rücken gelaufen. So schön war das.

Der Gedanke, nicht mehr weiterzuleben, beschäftigte sie lange. Aber immer wieder kam dazwischen die Frage: Warum hassen sie uns so? Vielleicht habe ich es bisher nur nicht gemerkt, und die anderen Deutschen denken auch so. Vielleicht liegt es daran, daß es ihnen nicht mehr so gutgeht, weil sie Angst um ihre Arbeit haben. Sie brauchen uns nicht mehr, wollen uns los sein, weil sie denken, wir nehmen ihnen was weg. Hat Mama recht, wenn sie zurückwill? Aber was erwartet uns denn dort?
Ich bin doch hier geboren, denke deutsch. Was soll denn aus mir werden?

Am späten Nachmittag hörte Yildiz unten eine Auseinandersetzung. Erschrocken sprang sie auf und rannte zur Tür. Da erkannte sie die Stimmen von Murat und Markus.
»Verschwinde, ich will dich hier nie wieder sehen!« schrie Murat.
»Und warum?« schrie Markus zurück.
»Frag doch deinen Bruder, frag ihn nach dem beschmierten Rolladen, den zerstochenen Reifen, dem verwüsteten Laden!«
Markus versuchte, sich zu verteidigen. »Was kann ich für Ben? Ich bin nicht dafür verantwortlich, mit wem er sich abgibt. Ich will nur wissen, was mit Yildiz ist. Sie war nicht in der Schule.«
»Laß die Finger von meiner Schwester . . .«
Yildiz zog schnell ihren Jogginganzug an. Sie mußte verhindern, daß Murat und Markus noch heftiger aneinandergerieten.
»Hört auf zu streiten!« rief sie den beiden zu, als sie in den Laden kam. »Wir haben doch hier keine Sippenhaft, Murat. Was kann Markus dafür, wenn sein Bruder ein Neonazi ist?«
»Wenn er das hinnimmt und nichts dagegen tut . . .«, schrie

Murat jetzt Yildiz an. Aber mitten im Satz stockte er und starrte seine Schwester mit großen Augen an.
»Wie siehst du denn aus?«
»Wie immer«, antwortete Yildiz und versuchte zu lächeln. Ihr Bruder kam auf sie zu und zeigte auf ihren Kopf. »Was soll das?«
»Ach, die Haare meinst du?« sagte sie. »Gefällt dir die Frisur?«
Murat kam aus dem Staunen nicht heraus. Kopfschüttelnd sagte er: »Bist du denn verrückt geworden? Deine schönen langen Haare . . .«
»Na und, jetzt sind sie schön kurz. Außerdem wachsen sie wieder. Das haben Haare so an sich. Würdest du aber das Theater mit Markus endlich mal lassen? Schließlich ist er mein Freund. Und ich rede dir bei deinen Mädchen ja auch nicht rein, oder?«
Murat schien über die neue Frisur seiner Schwester ehrlich schockiert zu sein. Er drehte sich zu Markus um, wußte aber nicht mehr, was er hatte sagen wollen. Markus ging ein paar Schritte auf ihn zu.
»Murat, ich mag deine Schwester. Und das mit Ben . . . Ich habe keinen Kontakt mehr zu ihm. Ich . . . ich verurteile das, was er –«
Weiter kam er nicht. Murat unterbrach ihn schroff. »Darüber reden wir beide noch unter vier Augen, verstanden?« Dann stürmte er die Treppe hoch. Oben krachte die Tür seines Zimmers ins Schloß. Dann tönte laut die Musik los.
»Komm mit zu mir hoch!« Yildiz zog Markus einfach hinter sich her.
Markus blieb mitten auf der Treppe stehen. »Ich wollte nur nach dir schauen. Ich gehe jetzt besser. Ich komme wieder, versprochen. Und deine neue Frisur gefällt mir übrigens auch.«

Als Markus aus dem Laden war, kam Murat wieder herunter. Yildiz fauchte ihn wütend an: »Misch dich nie wieder in meine Angelegenheiten, hörst du!«
Fatma Toluk kehrte gerade von einer Besorgung zurück. Sie hatte Markus aus dem Laden gehen sehen und war erschrocken, als sie Yildiz neben Murat sah. »Yili – geh sofort wieder nach oben!«
Murat starrte immer noch auf den Kopf seiner Schwester. »Sag mal, Mutter, hast du ihr erlaubt, daß sie ihre Haare abschneidet?«
Yildiz brauste auf. »Was heißt hier: erlaubt? Brauche ich in Zukunft etwa von dir eine Genehmigung für alles, was ich mache?« Fatma ging zwischen die streitenden Kinder. »Beruhigt euch. Ich war das, Murat. Ich wollte sie verschönern. Aber die Haartönung ist grün geworden statt kupferbraun. Da mußten wir die Haare etwas kürzen und noch mal färben.«
»Etwas kürzen nennst du das?« Murat lachte auf und schüttelte wieder verständnislos den Kopf.
Yildiz kam ihrer Mutter zu Hilfe. »Jetzt habe ich endlich auch eine moderne Frisur. Du könntest ruhig mal sagen, daß sie dir gefällt, Murat. Bei deinen Freundinnen magst du doch auch kurze Haare, oder?«
Die Überrumpelung war gelungen. Murat wußte nicht, was er dazu sagen sollte. Schließlich grinste er: »Und nun traust du dich nicht in die Schule, was?« Er lief noch mal um Yildiz herum und knurrte: »Trotzdem, die langen Haare waren besser.« Dann ging er hinaus auf den Hof.
Fatma Toluk schob ihre Tochter zur Treppe. »Leg dich wieder hin, Yildiz. Schone dich noch etwas.« Sie brachte Yildiz nach oben. »Gab es Streit zwischen Murat und dir?«
»Auch«, sagte Yildiz. »Aber besonders zwischen Murat und Markus. Deswegen bin ich ja runtergegangen. Die hätten sich fast geprügelt.«

Fatma Toluk seufzte. »Soweit ist es gekommen. Jetzt gibt es schon Streit in der Familie.«
»Wenn Murat erfährt, was wirklich passiert ist, gibt's eine Katastrophe. Deswegen darf er es nie erfahren, Mama. Versprich mir das.«
Fatma Toluk nickte nur. Sie dachte: Diese Schande! Niemand darf das erfahren.

12.

Nach drei Tagen stand Yildiz auf. Sie wußte, Vater würde bald zurückkommen. Mutter hatte ihn am Telefon beruhigt: »Du kannst dir Zeit lassen. Im Laden läuft alles bestens. So eine lange Reise macht man nicht für ein paar Tage.«
Mutter hatte Türkisch gesprochen. Aber Yildiz verstand, daß ihr Vater irgendwelche Probleme hatte.
Murat spielte unterdessen Familienvorstand. »Ich will nicht, daß du mit Markus gehst, hörst du! Du wirst einen Türken heiraten. Du bist Mehmet versprochen. Ist das klar?«
»Nichts ist klar«, fauchte Yildiz zurück. »Spiel dich nicht so auf, Murat. Du hast mir nichts zu verbieten. Außerdem: Wie ist denn das bei dir, mein lieber Bruder?«
»Genau wie bei dir, Schwester. Ich werde in unsere alte Heimat zurückgehen und dort ein Mädchen heiraten.«
Ja, dachte Yildiz, das stimmte tatsächlich. Murat würde sich dort schnell einleben, ein türkisches Mädchen heiraten und später mal eine Autowerkstatt aufmachen.

Yildiz und ihre Mutter hatten sich in Ruhe ausgesprochen und gemeinsam einen Ausweg gesucht. Aber sie hatten keinen anderen gefunden, als zu schweigen. »Ich weiß es nicht mehr genau«, sagte Yildiz, »aber der Anführer hat mir gedroht, unsere ganze Familie umzubringen, wenn ich zur Polizei gehe.«

Fatma schüttelte entsetzt den Kopf. »Es wird immer schlimmer!«

Yildiz merkte, daß ihre Mutter fast noch mehr litt als sie selbst. Fatma Toluk wurde immer stiller und verschlossener. Auch Yildiz verkroch sich, sooft es ging, in ihrem Zimmer. Wenn Ulrike und Anna anriefen, um sich nach ihr zu erkundigen, gab sich Yildiz optimistisch. »Ich bin bald wieder in der Schule. Mir geht's schon wieder viel besser.« Sie wollte nicht besucht werden.

Markus jedoch ließ sich nicht abwimmeln. Yildiz war auf seinen plötzlichen Besuch nicht vorbereitet. Sie saß in der Küche, als er eines Nachmittags vor ihr stand. »Ich habe versucht, deinen Bruder zu erreichen. Ich wollte mit ihm reden.«

Yildiz schüttelte den Kopf. »Es ist zwecklos. Momentan kann nicht mal ich mit ihm reden.«

Er fragte sie, weshalb sie sich die Haare so kurz hatte schneiden lassen. Sie lehnte ihren Kopf an seine Schulter und erzählte wieder ihre Variante mit der Mutter. Sie war froh, daß sie ihm nicht in die Augen schauen mußte, als sie ihn beschwindelte. »Hilfst du mir, wenn mich die anderen in der Schule danach fragen, ja? Die denken womöglich, ich hab' mir Läuse eingefangen und mußte die Haare abschneiden.«

Markus schien von der Erklärung nicht überzeugt.

»Montag bin ich wieder in der Schule«, lenkte Yildiz ab. »Ich muß viel nachholen.« Und nach einer Pause setzte sie

hinzu: »Tut mir leid, das mit Murat. Nimm es ihm nicht übel. Der hat Angst um mich, wegen der Schmierereien und der durchstochenen Reifen. Aber ich hab' ihm auch gesagt, daß du nicht wie Ben bist.«
Markus nickte: »Verstehen kann ich ihn ja. Aber er muß auch unterscheiden. Darf nicht alle in einen Topf werfen.«
Als er ging, fuhr er Yildiz unbeholfen über das kurze Haar. »Laß es wieder wachsen, Yili. Langes Haar steht dir wirklich besser.«
Wenn das so einfach wäre, dachte Yildiz. Es ist alles viel schlimmer, als du dir vorstellen kannst.
Am Sonntag nachmittag sagte Mutter zu ihr: »Ich muß hier mal raus. Fahren wir ein Stück? Du mußt doch auch mal wieder auf andere Gedanken kommen.«
Yildiz hatte ihre Mutter den ganzen Vormittag beobachtet. Sie hatte im Büro sorgfältig aufgeräumt und die Buchhaltung in Ordnung gebracht. Mittags hatte sie kaum einen Bissen zu sich genommen. Murat war nach dem Essen mit seinen Freunden zu einem Fußballspiel gegangen. Sie hatte ihm, als er aus dem Haus ging, mit der Hand über den Haarschopf gestreichelt. Dabei wußte sie genau, daß er das nicht leiden konnte, seit er sich erwachsen vorkam.
Yildiz war eigenartig zumute. Was hatte Mama vor, dachte sie. Will sie mich wirklich auf andere Gedanken bringen?
»Wahrscheinlich hast du recht«, sagte Yildiz. »Wir müssen einfach mal wieder raus hier.«
Fatma Toluk saß schon in ihrem kleinen alten Auto, mit dem sie jahrelang Murat und auch Yildiz zum deutschen Kindergarten und später oft auch zur Schule gebracht hatte. »Morgen will Vater zurückkommen«, sagte sie und fuhr los. »Er hat gestern abend angerufen.«
»Wohin willst du?« fragte die Mutter, als sie auf der verkehrsreichen Straße aus der Stadt fuhren. Es war einer jener

schönen Herbsttage, der viele Menschen nach draußen lockte. Yildiz nahm alles wahr, aber sie hatte das Gefühl, sie sei nicht dabei.
»Wohin willst du fahren?« fragte ihre Mutter noch einmal.
»Ist mir egal«, sagte Yildiz. Sie bemühte sich, ruhig zu sein. »Irgendwohin, wo es schön ist.« Und sie dachte: Ist es nicht gleichgültig? Ist nicht alles irgendwie gleichgültig geworden? Mama weiß genausowenig wie ich, wie man mit dem, was sie mir angetan haben, weiterleben kann. Wir müssen immer wieder lügen, um es zu vertuschen. Sogar Murat und Vater müssen wir belügen. Wenn sie es wüßten, würden sie mich ja rächen. Und das wäre noch schlimmer. Die verdammten Kerle haben unsere ganze Familie kaputtgemacht.
Sie sah das Gesicht ihrer Mutter im Profil. Ihre Lippen waren zusammengepreßt, und sie schaute geradeaus. Schön ist sie immer noch, meine Mutter, dachte Yildiz. Und sie ist ganz anders als viele der türkischen Frauen, die mit ihrem langen Mantel und dem Kopftuch herumlaufen und selbst nach Jahren, in denen sie hier ihre Kinder geboren haben, kaum ein Wort Deutsch sprechen können. Unsere Mutter ist anders. Sie hat Freunde unter den Deutschen, bringt den Frauen das Tanzen bei, spricht diese Sprache, als ob sie schon immer hier gelebt hätte. Ohne sie hätte Vater das mit dem Geschäft nie erreicht. Aber jetzt weiß sie keinen Rat mehr. Sie will nur noch weg von hier. Aber selbst davor hat sie Angst. »Wir waren lange fort«, hatte sie gesagt, »viel zu lange.«
Yildiz glaubte zu wissen, wohin Mutter den kleinen Wagen lenkte. Das Schloß im nachgeahmten Tudorstil stand hoch oben auf einem Berg. Es war eine ausgebaute, gerade Straße, nur das letzte Stück mußte man laufen, um den Blick über die Dörfer, Felder und Wälder zu genießen. Aber

Yildiz wußte, es gab noch einen anderen Weg hinauf. Eine Straße, die wenig benutzt wurde und sich kurvenreich und steil nach oben schlängelte. Auf diese Straße bog ihre Mutter ein, gleich hinter einer Gaststätte, die geschlossen war. Den Parkplatz ließ sie rechts liegen.
Hier haben wir einmal gesehen, wie ein Falkner seine Tiere vorführte, dachte Yildiz, und das faszinierende Bild stand wieder vor ihren Augen. Es waren auch zwei Adler dabei, erinnerte sie sich. Sie breiteten ihre Schwingen aus und kreisten am blauen Himmel. Ja, es war ein Tag wie heute. Murat stand neben Vater, und beide staunten hoch zu den Adlern. Ich hatte mich ängstlich an Mamas Rock geklammert. Damals war ich noch sehr klein. Und wir waren sehr glücklich. Warum fällt mir das jetzt gerade ein? dachte Yildiz. Wenn Mama so weiterrast, werden wir aus einer dieser Kurven hinausgetragen und stürzen in die Tiefe. Dann ist alles vorbei! Will sie das etwa? Sollen wir beide sterben?
»Nein!« schrie sie. »Nein, Mama! Tu das nicht!«
Sie fiel ihrer Mutter ins Lenkrad. »Nein, Mama! Das ist keine Lösung!«
Sie schloß die Augen und spürte, wie ihre Mutter hart bremste. Der Wagen stand direkt am Abgrund. O Gott, dachte Yildiz. Noch ein paar Zentimeter, und alles wäre vorbei gewesen. Und sie begriff plötzlich, wie sehr sie am Leben hing. Als sie die Augen wieder öffnete, sah sie ihre Mutter, die den Kopf auf die Hände am Lenkrad gelegt hatte. Sie weinte hemmungslos.
Yildiz hatte keine Tränen. »Das ist es nicht wert«, sagte sie hart. Ihre Mutter hob den Kopf, und Yildiz wußte, sie würde diesen Ausdruck ihrer Augen nicht vergessen.
»Du wußtest es, Yili?«
Yildiz antwortete nicht. Sie stieg aus dem Wagen und gab

ihrer Mutter Zeichen beim Rückwärtsfahren. Später, als sie wieder unten im Tal waren, sagte Yildiz: »Ich wäre zuerst auch am liebsten gestorben, Mama. Aber das ist keine Lösung. Wir dürfen nicht aufgeben.«
Fatma Toluks Stimme hatte kaum Klang. »Yili, ich wußte einfach nicht, wie wir damit weiterleben sollen. Und ich weiß es nach wie vor nicht. Du wirst nicht mehr so sein wie früher. Du wirst immer Angst haben. Und wir müssen ständig lügen, wenn wir Vater und Murat nicht gefährden wollen.«
»Ich weiß, Mama. Vielleicht ist es falsch, daß wir nicht zur Polizei gegangen sind. Egal, ob vor Angst oder vor Scham. Unsere Ängste sind die Sicherheit dieser Verbrecher. Aber ich *kann* nicht darüber reden. Zu wildfremden Leuten, die mir vielleicht nicht glauben würden.«
»Morgen kommt Vater zurück«, schluchzte Fatma Toluk verzweifelt. »Wie soll ich mich ihm gegenüber verhalten?«
»Wie immer, Mama. Du wirst genauso schweigen wie ich.«

13.

Serdal Toluk redete und redete. Die lange Rückreise schien ihn nicht im geringsten angestrengt zu haben. Er hatte sich mit seinem Schwager Ufuk beim Fahren abgelöst, und nachts hatten sie im Auto auf Parkplätzen geschlafen. Er hatte Fatma eine kostbare Kelimbrücke mitgebracht, eine Arbeit aus seinem Heimatort, einem kleinen Dorf in Nordanatolien, nicht weit entfernt von Amasya.
Als das Auto vor dem Haus gehalten hatte, waren Mutter

und Murat auf die Straße gelaufen. Yildiz wartete im Geschäft. Sie hatte vor dem Augenblick Angst, da ihr Vater die kurzen Haare entdecken würde. »Yildiz, mein Töchterchen, schau, was mir deine Großmutter für dich mitgegeben hat . . .« Serdal hielt auf der ausgestreckten Hand ein goldenes Kettchen mit einem Anhänger. Ungläubig sah er Yildiz an. »Yildiz! Was hast du mit deinem Haar gemacht?« Seine Hand umklammerte das Schmuckstück. »Hast du den Verstand verloren? Wie konntest du mir das antun? O Allah, was bin ich als Vater gestraft mit einer solchen Tochter . . .«

Serdals Gesicht färbte sich hochrot, und er war nahe daran, Yildiz zu schlagen. Fatma nahm ihm das Schmuckstück aus der Hand. »Yildiz kann nichts dafür«, verteidigte sie ihre Tochter. »Ich wollte ihr Haar noch glänzender machen. Die Farbspülung war zu stark, und ich mußte ihr das Haar kurz schneiden . . .«

Yildiz unterbrach ihre Mutter. »Wirklich, Papa, wir können froh sein, daß es noch so geworden ist. Es sah schrecklich aus. Ich habe fürchterlich geheult. Aber es wächst bestimmt schnell wieder. Ich bin selbst ganz unglücklich, Papa. Schimpf mich nicht noch aus. Bitte.«

Yildiz legte einen Arm um den Hals ihres Vaters und schluchzte. Er ahnte natürlich nicht, daß sie aus einem ganz anderen Grund weinte.

»Mein ganzer Stolz war das!« schimpfte Serdal. »Euch Frauen kann man wirklich nicht allein lassen. Schon passiert was.«

Serdal Toluk konnte sich noch lange nicht beruhigen. Yildiz versuchte, ihn abzulenken, und legte die Halskette von der Großmutter an. »Schau, ist sie nicht schön, Papa?«

Fatma fragte, wie es in Amasya gewesen war. Aber Serdal gab nur knappe Antworten. »Später«, sagte er verstimmt.

Er ging nach oben und verschwand im Bad. Seine überschwengliche Freude, die er bei der Ankunft verspürt hatte, war verflogen. Fatma Toluk fragte ihn nicht weiter aus. Sie ging ihm nach und sagte: »Wir haben heute Gülgün und ihren Mann zum Essen da. Ist dir das recht? Vielleicht kommen auch noch die jungen Leute, die Arslans.«

Serdal brummte. »Ich lege mich erst mal hin.«

Fatma Toluk hatte ein richtiges Festessen vorbereitet. Sie dachte: Ich habe es mit meinen Tränen gewürzt, aber Serdal wird es nicht merken und die anderen auch nicht. Sie hatte sich sorgfältig geschminkt, und keiner der Gäste ahnte, wie schwer es ihr fiel, die freundliche Gastgeberin zu spielen. Manchmal sah sie Yildiz an. Die hatte auch den anderen die Geschichte von der mißglückten Verschönerung ihres Haares erzählt, und alle hatten sie bedauert. Serdal aber hatte seine Verstimmung anscheinend überwunden. Er erzählte lautstark und fröhlich von den Erlebnissen in der Heimat, während er genußvoll aß. Erst die Vorspeise und die Suppe, dann die Lammspieße mit den Auberginen. Er bot den Gästen Raki an und schenkte auch selbst ein. Dann lobte er das frische Fladenbrot. »Es schmeckt genau wie zu Hause. Meine Frau hat noch nichts verlernt«, sagte er stolz.

Fatma errötete. Sie servierte Keskül, das Mandeldessert, das Serdal so gern aß, dann kochte sie für jeden Mokka.

Gülgün und die junge Frau Arslan schwiegen die meiste Zeit, während die Männer sich über Fußball und Politik unterhielten. Yildiz half ihrer Mutter, das Geschirr in die Küche zu tragen und in die Spülmaschine zu räumen.

Als Tante Gülgün in die Küche kam, um Fatma zu helfen, wie sie es ja sonst auch immer tat, wehrte diese ab. »Bleib bei den anderen, und feiere mit, Gülgün. Du hast es verdient. Ich komme hier schon zurecht.«

Fatma hatte die Frau eigentlich gern um sich. Gülgün

sprach nur ein paar Worte Deutsch und war dankbar für jeden Rat. Sie arbeitete sehr fleißig und gehörte fast zur Familie.
Fatma hörte ihren Mann mit den Gästen im Wohnzimmer lachen. Er würde nie auf den Gedanken kommen, daß hier so Fürchterliches geschehen war, während er in der Türkei weilte. Aber bei ihm schien auch nicht alles so gelaufen zu sein, wie er gehofft hatte, das merkte sie ihm an, ohne daß sie fragen mußte.
Warum hat er die teure Kelimbrücke mitgebracht? fragte sie sich. Wenn wir doch zurückgehen, brauchen wir jede Mark. In der Türkei ist die Inflation hoch, die türkische Lira verliert immer mehr an Wert. Ob Serdal das Grundstück in Amasya gekauft hatte? Ein Haus am Fluß, viele Apfelbäume und der Blick auf die Berge. Touristen wollte er beherbergen, und er war sicher, daß sich seine Gastfreundschaft in Deutschland herumsprechen würde. Auch ein Geschäft in der Stadt wünschte er sich. Nicht mehr mit dem Verkauf von Obst und Gemüse wollte er sein Geld verdienen, sondern mit Teppichen wollte er handeln, die er an die Touristen verkaufte. Träume und Pläne, die sie, Fatma, seit Jahren mitträumte. Später einmal, wenn wir wieder in der Türkei leben werden, sagte er immer. Dafür sparten sie. Nie zuvor hatte sich Fatma das Zurückgehen aber so sehr gewünscht wie jetzt. Sie hatte Angst, noch länger in Deutschland leben zu müssen. Aber sie hatte auch Angst zurückzugehen. Wir waren zu lange fort, dachte sie wie schon so oft in letzter Zeit. Es hat sich zuviel verändert. Wir haben uns zu sehr verändert.

Yildiz war froh, wieder allein zu sein. Es hatte viel Kraft gekostet, niemanden etwas merken zu lassen. Sie hatte den ganzen Abend geschauspielert, ja richtig gelogen.

Aber was würde passieren, wenn sie sich in der Schule plötzlich meldete und vor der ganzen Klasse sagte: »Skins haben mich in den Wald geschleppt und gefoltert. Die Gesichter konnte ich nicht erkennen, weil sie maskiert waren. Sie hatten ihre Springmesser in den tätowierten Händen, und einer hat mir die Kleidung aufgeschlitzt. Vergewaltigt haben sie mich nicht. Nein, ein deutscher Mann tut so was nicht mit einer Türkenhure. Aber die Pistole hat der Anführer auf mich gerichtet. Und abgedrückt hat er auch. Keiner sagte, daß sie ungeladen war ...«
Jedesmal wurde ihr bei diesen Gedanken schlecht, manchmal mußte sie sich sogar erbrechen.
Yildiz lag auf dem Bett und starrte an die Decke. Ja, sie hatte Angst, sich zu erinnern. Aber mit jeder Erinnerung fiel ihr irgendein Detail ein. Plötzlich waren die Hände wieder in ihrem Gedächtnis. Zwei der Skins hatten am linken Handgelenk Tätowierungen gehabt. Yildiz hatte solche Zeichen schon am Bahnhof in der Unterführung gesehen. Schmierereien, und daneben stand: Ausländer raus! Deutschland den Deutschen!
Yildiz konnte nicht einschlafen. Aber sie durfte auch nicht dauernd ins Grübeln kommen. Das endete jedesmal in schrecklichen Weinkrämpfen, und nur Tabletten konnten sie dann beruhigen.
Was haben diese Kerle nur aus meinem Leben gemacht!

14.

Fatma Toluk wagte nicht, ihren Mann zu fragen, was er mit der Familie wegen der Rückkehr in die Türkei besprochen hatte. Es war jedesmal so. Wenn er allein nach Hause fuhr und dann wiederkam, war er eine Zeitlang wie ausgewechselt. Dann kehrte er den Pascha heraus, der allein bestimmte, was getan wurde.

Dabei wußte er genau, daß er sie brauchte. Keiner kannte sich so gut mit der Buchführung des Geschäftes aus wie sie. Und wenn der Steuerberater sich ankündigte, hatte Serdal schnell eine andere wichtige Arbeit und verschwand. Aber wenn die Verwandten und Freunde kamen, verlangte er von ihr Respekt. Das war seit vielen Jahren so. Sie spielte das Spiel mit. Er war ein guter Mann, er sorgte für seine Familie. Auch für die Daheimgebliebenen in dem kleinen Dorf bei Amasya. Doch dorthin wollte selbst Serdal nicht mehr zurück. In der Stadt wollte er wohnen. In seinem Haus am Fluß, von dem er träumte, seit vielen, vielen Jahren.

Es war still im Haus. Fatma lag neben ihrem Mann und merkte, daß er nicht zur Ruhe kam. Auch sie konnte nicht einschlafen. Aber sie wußte, weshalb das bei ihr so war. Sie dachte: Wenn ich ihn frage und damit verhindere, daß er mich fragt, ist das sicher gut. Irgend etwas stimmt nämlich nicht. Er hätte sonst längst darüber gesprochen, über die Familie, das Dorf, das Grundstück . . .

Sie fragte leise auf türkisch: »Ne zaman geri dönüyorz? Serdal, was bedrückt dich? Wann kehren wir nach Amasya zurück?«

»Henüz bilmiyorum. Ich weiß es noch nicht.«

»Erzähl, was passiert ist, Serdal«, bat Fatma. »Hat es auf

den Ämtern Schwierigkeiten gegeben? In Ankara vielleicht? Oder ist was mit der Familie?«
Serdal Toluk setzte sich im Bett auf und griff nach den Zigaretten. Doch er legte die Packung auf den Nachttisch zurück. Er wußte, wie sehr seine Frau unter ihrer Bronchitis litt.
»Es war keine gute Reise«, sagte er. »Wir können jetzt nicht zurückgehen. Und das Grundstück habe ich auch nicht gekauft. Vater hat von mir verlangt, daß ich einen Teil unseres Gesparten für meinen Bruder Musa hergebe. Musa will Mutter und Vater zu sich nehmen, ein Haus bauen und einen Lastwagen kaufen, um damit Geld zu verdienen. Er hat keine Arbeit. Nirgül hat sich das ausgedacht, diese Schlange . . .«
Fatma erschrak. Serdal hatte also das Grundstück nicht gekauft. Das bedeutete, sie mußten hierbleiben. Vielleicht noch sehr lange. Musa, der ältere Bruder Serdals, hatte nie akzeptiert, daß Serdal nach Deutschland gegangen war. Fünf Kinder hatte er mit seiner Frau Nirgül, davon drei Töchter, die im heiratsfähigen Alter waren. Doch wer nahm eine Frau, die nichts in die Ehe mitbringen konnte? Warum war Musa nicht auch in die Fremde gegangen und hatte Geld nach Hause geschickt? Jetzt stellte er plötzlich Ansprüche . . .
Sie sagte: »Also müssen wir noch weiter arbeiten und sparen, damit Musa sich auf die faule Haut legen kann. Was will er denn mit einem Lastwagen? Er wird das Geld verbrauchen und kein Haus kaufen. Du kennst ihn doch. Willst du das wirklich machen, Serdal?«
Er antwortete nicht. Also hat er ihm schon Geld gegeben, dachte Fatma Toluk. Unser Traum ist zerstört. Vielleicht für immer. Und wir werden immer wieder Geld an den Bruder und die Verwandtschaft schicken, damit sie denken, uns

geht es gut. Es ist ein Teufelskreis, aus dem wir nie mehr herauskommen werden.
Und dann dachte sie verzweifelt: Wo sollen wir denn hin? Wir können weder hierbleiben noch in die Türkei zurückgehen. Es wäre doch besser gewesen, wenn ich mit dem Leben Schluß gemacht hätte.
Serdal berichtete stockend weiter: »Musa will, daß Murat bei ihm arbeitet. Er sagt, wir müßten zusammenhalten, und ich hätte in Deutschland vergessen, daß wir eine Familie sind. Aber Vater meint auch, Murat solle erst seine Lehre beenden . . .«
Fatma rang nach Luft. Wie immer, wenn sie sich aufregte, kam ein Anfall. Es waren zu viele Aufregungen in der letzten Zeit. Hastig griff sie nach ihrem Spray. Es dauerte eine Weile, bevor sie antworten konnte. »Was sagt Vater dazu? Dem ist sein eigenes Haus doch zehnmal lieber als irgendein Neubau. Hast du mit ihm darüber gesprochen?«
»Er unterstützt Musa. Musa ist der Ältere.« Das klang bitter.
Fatma wußte, wie großzügig ihr Mann der Familie gegenüber immer gewesen war. Er hatte auch seine Schwestern unterstützt, damit sie eine ordentliche Mitgift hatten. Jetzt sagte er nur: »Ich werde das nicht so einfach mitmachen. Murat muß erst seine Lehre beenden. Dann werden wir zurückgehen.«
Also noch ein Jahr, dachte Fatma. Murat muß dann unter der Fuchtel seines Onkels schuften. Und Yildiz kann nicht einmal die Schule beenden. Sie wird es schwer haben, sehr schwer, weil sie nicht mal richtig Türkisch kann. Wird sie es überhaupt schaffen, in Ankara zu studieren? Wie werden meine Kinder mit alldem fertig werden?
Serdal, Serdal, dachte sie, du hast dich immer gefügt, wenn dein Vater oder Musa etwas verlangten. Aber du hast dich

doch auch verändert in diesen Jahren hier in Deutschland. Du doch auch.
Was wirst du diesmal machen? Wirst du dich wieder fügen?

15.

An die Mauer neben dem Schultor waren in der Nacht Sprüche gesprüht worden: AUSLÄNDER RAUS! DEUTSCHE SCHULEN FÜR DEUTSCHE KINDER!
Daneben prangten Hakenkreuze und Symbole, die Yildiz fast das Herz stocken ließen. So hatten die Tätowierungen der Kerle auch ausgesehen, die sie in den Wald geschleppt und gefoltert hatten. Yildiz' erste Reaktion war: Umkehren! Sofort wieder nach Hause laufen! Mich verstecken! Die meinen mich!
Doch dann ging sie mit Ulrike und Anna weiter. Ich kann jetzt nicht umkehren, dachte sie verzweifelt. Die anderen wissen doch nicht, was passiert ist. Sie würden nicht verstehen, warum ich davonlaufe.
Es war nicht zu übersehen. Manche empörten sich, andere gingen einfach daran vorbei und in die Schule.
Yildiz wurde übel. Sie rannte auf die Toilette, sie mußte sich übergeben. Kamen die Kerle jetzt auch schon hierher? Blaß und unkonzentriert saß sie im Unterricht. Unternahm keiner was? Durfte das geschehen, ohne daß sich jemand wehrte? Sie war doch nicht die einzige Ausländerin an dieser Schule. Fühlten sich die anderen nicht diskriminiert?
In der großen Pause stand sie neben Ulrike und Markus.

Der Hausmeister hatte inzwischen versucht, die Hakenkreuze wegzuschrubben. Dadurch sah alles nur noch schlimmer aus.

»Wir müssen was tun«, sagte Markus. »Wir können nicht einfach zusehen. Flugblätter, eine Demo . . .«

»Ich glaube nicht, daß da viele von unserer Schule mitmachen würden«, sagte Ulrike. »Theoretisch vielleicht. Aber wenn's darauf ankommt, möchte ich sehen, wer wirklich dabei ist.«

Markus ging nicht darauf ein. »Ich weiß, wie gefährlich die werden können. Und ihr wißt das genauso. Aber sollen in unserer Stadt auch erst die Asylantenheime brennen?«

Yildiz dachte: Und die Häuser, in denen Türken wohnen. Sie war in ihrer Klasse die einzige Türkin. Zu anderen türkischen Schülerinnen hatte sie kaum Kontakt. Bestimmt dachte auch sonst in der Klasse kaum jemand daran, daß sie keine Deutsche war.

Yildiz sah, wie hilflos Markus war. Aber was sollte sie tun? Sie drehte sich um und ging in die Klasse zurück. Der Hausmeister schrubbte noch immer mit einem Hofbesen und Wasser an der Wand. Es fand sich niemand, der ihm dabei half. Yildiz hörte ihn leise fluchen.

Erst auf dem Nachhauseweg sprach sie wieder mit Markus darüber. »Weißt du, ob die Schulleitung was dagegen macht?«

»Anzeige gegen Unbekannt. Was sonst? Aber ich weiß, wo die sich treffen. Es sind nicht nur welche von hier. Sie kommen auch aus anderen Städten. Wollen provozieren und Stunk machen. Die Leute verunsichern, damit sie sich nach dem starken Mann sehnen. Dem Führer.« Sie waren an der Stelle ihres gemeinsamen Heimweges angelangt, an der sie sich normalerweise trennten. Aber diesmal blieben sie stehen, und Yildiz hörte zu, ohne Markus zu unterbrechen. Plötzlich wurde sie kreidebleich und zerrte Markus weg.

»Was ist? Was hast du?«

Dann sah auch er die Skins, die über die Kreuzung geradewegs auf sie zukamen. Yildiz klammerte sich an die Jacke von Markus und versteckte ihr Gesicht an seiner Brust. Die Skins gingen an ihnen vorbei, ohne sie zu beachten.

Yildiz zitterte am ganzen Körper. Als sie ihren Kopf wieder hob, waren die Glatzen weg.

»Das waren sie, Mark, das waren sie!«

»Die haben die Schulwände beschmiert? Woher weißt du das?«

»Nein, das meine ich nicht«, stammelte Yildiz.

Und dann verriet sie Markus, was sie niemals hatte sagen wollen.

Markus hörte schweigend zu und starrte aufs Straßenpflaster.

»Diese Schweine!« sagte er schließlich leise. Sein Gesicht zuckte. Vor Erregung konnte er kaum reden. »Jetzt sind sie dran. Das schwöre ich dir, Yili. Warum hast du sie nicht angezeigt?«

»Warum! Anzeige gegen Unbekannt? Wie die Sprüche an der Wand. Denkst du, da wäre was rausgekommen? Aber mich hätten sie durch alle Zeitungen gezerrt. Mein Vater hätte mich sofort in die Türkei geschickt, mein Bruder wäre auf die Kerle losgegangen . . . Es wäre alles noch schlimmer geworden. Schwöre, daß du dich da nicht einmischst. Und schwöre, daß du schweigst. Ich bitte dich, Mark.«

Markus schüttelte den Kopf. »Willst du vor ihnen davonlaufen, Yili?«

Plötzlich stand Murat vor ihnen. »Was will der schon wieder von dir? Hau ab!«

Markus wollte etwas entgegnen, sagte aber dann nur: »Bis morgen, Yili. Hab keine Angst.« Dann ging er.
»Was heißt das: Hab keine Angst?« fragte Murat aggressiv und zerrte sie am Arm.
Yildiz riß sich los. »Halt dich raus, Murat. Das geht dich nichts an!«
Dann lief sie los.

16.

Am nächsten Tag waren die Schmierereien von der Schulwand verschwunden. Gestern noch waren viele stehengeblieben, nicht nur Schüler, und viele hatten diskutiert. Heute gingen die meisten achtlos an den hell geschrubbten Flecken auf der grauen Wand vorbei. Yildiz dachte: Das ist der Alltag. Sie tun, als wäre nichts passiert.
Die erste Stunde hatten sie bei Jutta Merkel. Die Klassenlehrerin stellte ihre Tasche auf den Lehrertisch, packte aber weder Bücher noch Hefte aus.
»Was gestern passiert ist, habt ihr alle gesehen«, sagte sie etwas lauter als sonst. »Ich möchte, daß wir darüber diskutieren. Also, wer hat eine Meinung?«
Niemand wollte den Anfang machen. Yildiz hatte das Gefühl, alle warteten darauf, daß sie etwas sagte. Warum ich? dachte sie. Weil es gegen Ausländer geht?
»Was hat die Schulleitung dagegen unternommen?« Markus fragte gleich direkt.
»Anzeige gegen Unbekannt«, antwortete Frau Merkel sachlich.

»Bravo! Sehr mutig!« rief jemand höhnisch von hinten.
»Wir leben in einem Rechtsstaat«, sagte sie ruhig, »und müssen uns an die gegebenen Rechtsmittel halten. Unabhängig von dem Delikt.«
»Der ganze Rechtsstaat ist verdammt rechts!« provozierte wieder jemand.
»Man hätte das stehenlassen sollen. Als Denkanstoß oder so. Jetzt ist es weggeschrubbt, damit sind auch die Beweise vernichtet.« Ulrike dachte praktisch, wie immer.
»Spinnst du?« rief einer dazwischen.
»Wir haben in der Lehrerkonferenz auch darüber beraten«, erklärte die Klassenlehrerin. »Die meisten stimmten dafür, daß die Schmierereien entfernt werden sollen.«
Yildiz konnte sich nun nicht mehr beherrschen. »Das zeigt doch wieder mal, wie das alles verharmlost wird. Anzeige gegen Unbekannt! Das war's dann auch schon. Die werden kaum ein zweites Mal hierherkommen und sich erwischen lassen, wenn sie solche Parolen an die Wände sprühen.«
Jutta Merkel sah Yildiz die Verbitterung an. »Ich weiß, Yildiz, du bist besonders sensibel dafür. Aber die haben es doch nicht auf dich persönlich abgesehen ...«
»Nein? Wirklich nicht?« Yildiz reagierte aggressiv. »Wissen Sie das so genau, Frau Merkel? Ich habe Angst vor denen.«
Sven meldete sich. »Irgendwann mußte das ja auch in unserer Stadt so kommen, daß die Leute sich wehren. In den letzten Jahren sind ja immer mehr Ausländer gekommen. Das geht alles auf unsere Steuergelder. Es gibt für unsere Leute kaum noch bezahlbare Wohnungen, von Arbeit ganz zu schweigen. Wenn die vielen Ausländer raus sind aus Deutschland, erledigt sich das mit den Nazis ganz von selbst.«

»Meinst du damit auch mich? Soll ich auch schleunigst in die Türkei abgeschoben werden?«
Yildiz fühlte sich persönlich angegriffen. Sie hatte schon öfter solche Äußerungen von Sven gehört. Sympathisierte er etwa mit den Rechtsradikalen?
»Es sind einfach zu viele geworden«, meinte Anna. »Aber wo sollen sie sonst Schutz finden? In ihrer Heimat werden sie verfolgt. Die Kurden zum Beispiel.«
»Aber doch nicht alle Ausländer, die bei uns Asyl suchen, werden von ihren Regierungen verfolgt. Die meisten sind doch Wirtschaftsflüchtlinge. Und wenn die können, arbeiten sie schwarz, und unsere Leute sind dadurch arbeitslos . . .«
Die Diskussion ging noch eine ganze Weile hin und her. Frau Merkel betonte einige Male, daß es ihr darum gehe, daß die Schüler sich untereinander die Meinung sagen sollten. Sven war relativ isoliert mit seiner Meinung. Ansonsten betonten die meisten nur, daß solche Ausländer wie Yildiz und ihre Familie damit sicher nicht gemeint waren.
Jutta Merkel, die das Gespräch beendete, sagte: »Darüber ist noch nicht das letzte Wort gesprochen worden. Ich wollte euch nur Anregungen geben, damit ihr selbst erst einmal darüber nachdenkt und euch eine Meinung bildet.«
Dann nahm sie die Hefte aus ihrer Tasche und verteilte die geschriebenen Aufsätze. »Das nächste Thema könnt ihr euch denken. Also bereitet euch darauf vor.«
Auf dem Nachhauseweg sagte Yildiz verbittert: »Die Skins schlagen die Leute zusammen! Und wir schreiben darüber einen Aufsatz!«
Sie spürte, wie sich die Blicke von Markus und Ulrike auf sie richteten. Aber sie schwiegen. Hatte Markus zu den anderen etwas gesagt?

Als sie später allein weitergingen, fragte Yildiz ihn. »Nein, ich habe mit niemandem darüber gesprochen«, beruhigte er sie. »Ich habe aber viel darüber nachgedacht. Allein kann ich mich wirklich mit denen nicht anlegen. Und momentan sind sie auch aus ihrem Nest verschwunden, wie vom Erdboden verschluckt. Vielleicht haben sie woanders was vor. Auf irgendeiner Demo Krawall machen oder ...«
»Oder Assis verprügeln und anderswo Ausländermädchen foltern, was?«
Markus zog sie an sich und gab ihr einen Kuß, bevor sie sich wehren konnte. »Das würde ich vor allen Skinheads aus ganz Deutschland machen. Genügt dir das als Beweis, daß ich dich liebhabe, Yildiz? Ich werde dir aber auch helfen. Die werden sich noch wundern.«
»Jetzt habe ich auch noch Angst um dich«, sagte Yildiz leise. Dann fügte sie hinzu: »Es hat sowieso alles keinen Sinn. Zum Ende dieses Schuljahrs gehen wir wahrscheinlich in die Türkei zurück. Meine Eltern wollen das. Dann werde ich in Amasya weiter die Schule besuchen. Wenn sie mich nicht vorher mit Mehmet verheiraten, kann ich vielleicht sogar studieren.« Es sollte spöttisch klingen, aber Markus spürte die Angst hinter den Worten.
»Was willst du denn in der Türkei? Du kannst ja nicht einmal richtig verstehen, was die da reden!«
»›Die‹ sind meine Landsleute!« sagte Yildiz spitz. »Meine Verwandten, Mark. Die Großeltern, die Tanten und Onkel. Die Familie. Für mich sind das nicht einfach *die!*«
»Entschuldige. Ich bin nur so erschrocken darüber. Weißt du, was das bedeutet? Du wirst dort leben und ich hier. Dazwischen sind viele hundert Kilometer. Wie stellst du dir das vor?«
Yildiz wischte sich über die Augen. Er brauchte nicht zu sehen, wie nahe ihr das alles ging. »Ich traue mich noch gar

nicht, mir das vorzustellen«, sagte sie. »Und ich traue mich auch nicht, mir auszumalen, wie das mit uns weitergehen würde. Irgendwann würdest du mir vielleicht vorwerfen, daß ich mich nicht genug gewehrt habe, als die Kerle über mich herfielen. Nein, sag jetzt nichts, Mark. Ich denke ja nur ein bißchen laut, du brauchst nicht hinzuhören, wenn du nicht willst. Ich fahre jede Nacht aus dem Schlaf auf, weil ich nur noch davon träume. Vielleicht werde ich darüber verrückt oder depressiv. Ich weiß, daß ich das nicht mehr lange aushalte, ohne durchzudrehen. Es wäre gut, wenn wir jetzt miteinander Schluß machen, Mark. Dann geht dich das alles nichts mehr an. Und vielleicht bin ich dann sogar froh, wenn mich noch einer wie Mehmet nimmt.«

»Das ist doch nicht dein Ernst, Yili! Wir können uns doch nicht einfach so trennen, als ob nichts gewesen wäre! Ich liebe dich doch, Yili.«

»Was ist gewesen?« fragte Yildiz. »Wir haben uns geküßt und von Liebe geredet, von unserer jetzigen Liebe. Aber ich weiß nicht, wie lange die hält. Mark, es ist mir ernst. Such dir ein Mädchen, dem so etwas nicht passiert ist. Bitte.«

Markus wollte sie an sich ziehen, aber sie wehrte sich. »Danke für die Zeit mit dir. Ich danke dir für deine Liebe, Mark. Aber es hat keinen Zweck. Wir müssen Schluß machen.«

Über Yildiz' Gesicht liefen Tränen. Sie konnte das Gefühl nicht erklären, das sie fast zerriß. Einerseits war sie glücklich darüber, daß Markus das erste Mal so direkt von seiner Liebe zu ihr sprach, und andererseits wußte sie, wie wenig Chancen ihre Liebe hatte. In ein paar Monaten würde sie nicht mehr hier sein. Weinend riß sie sich los. Sie hörte noch, wie er ihr hinterherrief: »Ich werde dir beweisen, daß ich dich liebe, Yili. Ich werde es dir beweisen, das schwöre ich.«

17.

Markus hatte keine Ruhe mehr gefunden, seit Yildiz ihm gestanden hatte, was mit ihr geschehen war. Es waren ja nur Andeutungen gewesen. Aber er war zutiefst erschrocken und beunruhigt. Ich habe ihr versprochen zu schweigen, sagte er sich immer wieder. Aber ist das richtig? War es überhaupt richtig gewesen, die Polizei nicht zu informieren? Er konnte die Argumente von Yildiz verstehen: »Sie hätten gefragt und gefragt. Aber ob sie mir wirklich geglaubt hätten? Anzeige gegen Unbekannt! Mehr wäre doch auch dabei nicht herausgekommen. Aber sie hätten mich durch alle Zeitungen gezerrt: Ausländermädchen wurde von Skins . . . Kannst du dir vorstellen, wie die Zeitungsleute mich verfolgt hätten, damit sie ihre Sensationen hätten schreiben können?«

Ich will Yildiz nicht verlieren, dachte Markus immer wieder. Es muß doch einen Weg geben, diese verdammten Schweine zur Verantwortung zu ziehen.

Immer wieder drängte sich ihm die Vorstellung auf, wie die Skins über Yildiz hergefallen waren. Die dürftigen Informationen, die er von Yildiz hatte, regten seine Phantasie zu den schlimmsten Vorstellungen an. Was war noch geschehen, das er nicht wußte?

Er war sich selbst beschmutzt und verletzt vorgekommen. Ihn hatte Yildiz zurückgewiesen, als er einmal versucht hatte, ihren Busen zu streicheln, seine Hand in ihren Slip gleiten zu lassen. Und er hatte es auch akzeptiert. Sie waren beide jung. Er knapp ein Jahr älter als sie. Und er konnte warten. Inzwischen hatten sich andere an ihrem Körper vergriffen. Und sie schwieg darüber.

Markus Wend wollte nicht gleich nach Hause, nachdem

Yildiz davongelaufen war. Abschied! Sie wollte sich von ihm trennen. Aus! Vorbei! Für immer! Das schmerzte. Aber er akzeptierte es nicht.
Er brauchte erst einmal Zeit, das zu verarbeiten, was Yildiz gesagt hatte.
Er ging den Weg am Fluß entlang, weiter, als er sonst mit Yildiz gegangen war. Er hatte diesen Weg unbewußt eingeschlagen, lief unter der Autobahnbrücke hindurch, dorthin, wo im Sommer die Camper ihre Zelte stehen hatten. Jetzt waren die Wohnwagen auf einem Platz weiter oben zusammengestellt worden, damit das Hochwasser, das in jedem Jahr die Wiesen überflutete, sie nicht beschädigte. Ein paar Hütten standen aber immer dort. Alte Holzhütten, in denen Gartengeräte und Gerümpel untergebracht waren. Eine dieser Hütten hatten sich die Skins als Treffpunkt ausgebaut. Das wußte er. Sie stand etwas abseits und war durch Sträucher kaum einsehbar. Auf diesem Gelände trainierten sie Wehrsport, oder was das sein sollte. Er hatte sie manchmal beobachtet, wenn sie Überfälle übten, Festnahmen probten, Kampfsportarten trieben.
Als er in die Nähe kam, war keine Menschenseele zu sehen. Er beobachtete das Gelände noch eine ganze Weile, bevor er näher heranging. An der Tür der Hütte hing ein festes Sicherheitsschloß. Durch die blinden Fensterscheiben konnte man nicht ins Innere sehen. Es schien auch seit Tagen niemand in der Hütte gewesen zu sein, denn in dem feuchten Erdboden sah er keine frischen Fußspuren.
Markus überlegte, ob er das Schloß aufbrechen sollte. Dann aber dachte er: Das würde sie warnen. Ich muß sie beobachten, ich muß Geduld haben. Es nützt nichts, nur das leere Nest auszuheben. Er war sicher, daß in dieser Hütte allerhand Beweise für ihre Taten und ihr Denken zu finden waren. Aber sie sollten gefaßt werden, sie persönlich.

Langsam ging er den Weg in die Stadt wieder zurück. Wie sollte ich Yildiz erklären, warum ich solchen Haß auf die Neos habe, dachte er. Sie denkt, das hinge nur damit zusammen, was diese Kerle ihr angetan haben. Ja, das kommt auch noch auf ihr Konto. Aber das alles hatte ja schon viel früher angefangen.

Yildiz wußte nicht alles. Und er konnte es ihr auch nicht erzählen. Jetzt nicht mehr. Ich bin feige, dachte er. Ich habe das immer verdrängt, weil es weh tat, wie mein Bruder Ben sich so plötzlich veränderte.

Ben gab sich schon lange nicht mehr damit zufrieden, wie die Skins Parolen an die Wände zu schmieren und gegen Ausländer Gewalt zu üben. Er gehörte zu denen, die Macht wollten. Das hatte Markus erfahren, als er ihm heimlich nachgeschlichen war, zu dieser Hütte, in der die Skins ihre Treffen abhielten. Hinter einem Strauch versteckt, hatte er gesehen, wie die Kerle ihm Meldung machten, mit ausgestrecktem rechtem Arm.

Niemand hätte in seinem Bruder, der mit wehendem Trenchcoat und dem exakt nachgezogenen Scheitel vor den Skins seine scharfen militärischen Befehle gab, äußerlich eine Gemeinsamkeit mit den Skins erkennen können. Da glich er eher einem Bankangestellten oder einem aus dem Management. Aber die Skins standen stramm vor seinem Bruder. Er erteilte ihnen die Befehle.

Wie konnte Ben nur so werden? dachte Markus. Immer wieder kamen ihm auch andere Augenblicke in den Sinn: Ben, der große Bruder. Der Beschützer. Ben, der sein Taschengeld für einen Fußball zum Geburtstag für Mark gespart und mit ihm Hausaufgaben gemacht hatte. Ben, der an seinem Bett gesessen und ihn getröstet hatte, weil es keinen Vater für die beiden Jungen gab.

Nein, Ben war nicht immer so gewesen. Aber Markus

wußte auch nicht, wann es begonnen hatte, daß Ben sich so veränderte. Mit kahlgeschorenem Kopf und Fliegerstiefeln war er nie herumgelaufen oder von einer Krawalldemo zur anderen gezogen. Die Veränderung war so nach und nach vor sich gegangen. Erst ein paar Bücher, dann die Kassetten mit den Songs, später dann die Nazisachen, die er wie Reliquien behandelte. In der ersten Zeit wollte er auch Mark mit in seine neuen Ideen einbeziehen. »Es muß sich alles ändern. Und es wird sich auch ändern, wenn endlich Ordnung und Disziplin in diesem Land wieder zählen.«
»Laß mich in Ruhe mit dem Quatsch!« Ich hätte ihm zuhören sollen, dachte Markus. Dann wüßte ich, wer ihm den Kopf so vernebelt hat. Jetzt redet er nicht mehr darüber, wenn er zu Hause ist, weil Mutter ihm das verboten hat. Aber ich weiß, daß die Skins auf ihn hören. War vielleicht sein Bruder derjenige, der die Kerle auf Yildiz gehetzt hatte, wollte Ben verhindern, daß er mit Yildiz zusammen war? Bei diesem Gedanken wurde ihm regelrecht übel. Wenn Ben dahintersteckt! Mein Bruder!
Markus mußte Gewißheit haben.
Als er zu Hause angekommen war, ging er sofort in Bens Zimmer. Die Tür war nicht abgeschlossen. Er warf nur einen kurzen Blick auf die Kommode mit dem Hitlerbild und dem Dolch. Dann durchwühlte er die Schubladen, bis er ein Heftchen mit persönlichen Notizen fand. Er kam aber nicht zum Lesen, denn plötzlich stand Ben vor ihm und riß ihm das Heft aus der Hand. Dann versetzte er Markus eine Ohrfeige.
»Mach das nie wieder, Brüderchen. Ich kann auch anders!«
Noch nie hatte Markus von Ben Schläge bekommen. Er stürzte sich auf seinen Bruder, doch dieser fing ihn ab. Solche Kraft hatte Markus nicht erwartet. »Du Nazi!« schrie er. »Du steckst hinter dem, was sie mit Yildiz gemacht

haben. Denn du wolltest dir ja nicht selber die Hände dreckig machen . . .«
Ben schleuderte seinen Bruder gegen den Türrahmen. Markus sackte auf den Boden.
»Ich habe dich gewarnt. Aber du willst ja nicht hören. Mir nachspionieren!«
Markus spürte Blut am Mund. Über ihm stand Ben. In seinem Gesicht spiegelte sich eine Brutalität wider, die Markus noch nie an seinem Bruder gesehen hatte. Plötzlich sah er das kleine Symbol auf dem Hemd, ganz unscheinbar und kurz über der Hose. Es war das gleiche Symbol wie bei den Schmierereien an der Schule.
Ben hielt ihn mit dem Fuß am Boden zurück, als Markus aufstehen wollte. »Du Schwächling! Du hast es ja nicht mal geschafft, von der türkischen Hure loszukommen.« Er spuckte vor Markus auf den Boden. Dann zerrte er ihn hoch und stieß ihn aus dem Zimmer. Die Tür zog er zu und schloß sie ab. Markus konnte es nicht fassen. »Ben, wir sind Brüder. Wie kannst du so etwas machen?«
Ben verzog höhnisch das Gesicht. »Du bist nicht mein Bruder. Du nicht!« Dann verließ er die Wohnung.

18.

Seit der Vater von dem Besuch in der Heimat zurückgekommen war, hielt er sich wieder strenger an die Vorschriften des Islam. Yildiz beobachtete ihn manchmal heimlich, wenn er seine Gebete verrichtete. Er betete jetzt länger, und danach war er oft sehr schweigsam. Auf den Tisch brachte

Fatma nur noch türkische Speisen und auf keinen Fall etwas mit Schweinefleisch. Vorher hatte ihr Vater deutsche oder italienische Gerichte schweigend akzeptiert. Jetzt aber schob er den Teller beiseite, wenn es etwas war, das nicht den Geboten Allahs entsprach. Fatma Toluk akzeptierte das schweigend und richtete sich danach. Außerdem hatte sie ja im eigenen Geschäft alles, was sie für ihre Suppen, Vorspeisen und Hauptgerichte brauchte, auch Gewürze wie schwarzen Kümmel, Paprikapaste oder das Rosenwasser für den Reispudding. Yildiz aß gern türkisch. Doch jeden Tag derselbe Geschmack, das verdarb ihr den Appetit. Selbst aus der Tarhana-Suppe suchte sie nur die goldbraun gerösteten Weißbrotwürfelchen heraus.

Ihr Vater schüttelte mißbilligend den Kopf. »Hast du wieder zuviel Pommes gegessen? Iß was Vernünftiges, Töchterchen. Deine Mutter gibt sich soviel Mühe beim Kochen.«

Yildiz beobachtete, daß ihr Vater nun öfter mit anderen Türken zum Freitagsgebet ging. Frauen hatten dort sowieso nichts zu suchen.

Es beunruhigte sie auch, daß ihre Mutter einfach mit ihrer Bauchtanzgruppe aufgehört hatte. Überhaupt hatte sich die Mutter verändert. Die Fröhlichkeit und Selbstsicherheit waren verschwunden. Manchmal tat sie zwar so, als sei sie fröhlich. Aber Yildiz wußte, daß es nur gespielt war, damit ihr Vater nichts merkte. Aber der war zu sehr mit seinen eigenen Problemen beschäftigt.

Murat ging jetzt manchmal am Freitag mit seinem Vater. Sie wußte, daß er nicht gerade begeistert davon war, mit anderen Männern auf den Knien zu liegen und zu beten. Doch der Vater verlangte es. Aber wenn er konnte, drückte er sich davor, denn viel lieber war Murat mit seinen Freunden zusammen. Sie trafen sich in einem türkischen Restaurant und redeten sich über Politik die Köpfe heiß. Oft ging es dabei auch um ihre Situation in Deutschland. Serdal Toluk sah das nicht gern. Oft stritten er und Murat deswegen miteinander. Doch Murat ließ sich nichts sagen. »Sollen wir uns etwa alles gefallen lassen? Ich ziehe nicht den Kopf ein und lasse mich verprügeln.«

Meistens verschwand er dann in seinem Zimmer und reagierte sich mit lauter Rockmusik ab. Yildiz wußte, daß Murat und seine Freunde heimlich eine richtige Kampfsportgruppe gegründet hatten. Ihre Eltern hatten davon keine Ahnung.

Yildiz konnte nicht einschlafen, weil Murats Recorder zu laut war. Barfuß lief sie hinüber in sein Zimmer. »Stell den Krach ab. Ich will schlafen!« schrie sie, um die Musik zu übertönen.

Murat lag angezogen auf seinem Bett. Als er nicht reagierte, ging Yildiz zur Hi-Fi-Anlage und drehte die Musik leiser.

»He, was soll das?«

Yildiz setzte sich auf sein Bett und steckte ihre kalten, nackten Füße unter die Decke. »Was ist los mit dir?«

Murat schaute sie mürrisch an. »Das könnte ich dich auch fragen. Aber du denkst ja, ich merke nichts. Aber ich habe meinen Stolz. Du hast deinen längst verloren.«

Yildiz wußte sofort, worauf er anspielte. »Laß Mark in Ruhe, der ist in Ordnung. Und von dir lasse ich mich nicht herumkommandieren. Ist das klar?«

»Dein Mark ist wie alle anderen. Im Sommer machen sie in der Türkei Urlaub, und wenn sie wieder zu Hause sind, gucken sie zu, wie uns die Wände beschmiert und die Autoreifen zerstochen werden. In Wirklichkeit sind wir für sie der letzte Dreck. Wir haben vor kurzem einen Antrag gestellt. Aber denkst du vielleicht, die geben uns eine Sporthalle, wo wir trainieren können? Nee, nicht für Ausländer!«

»Wofür braucht ihr denn die Halle? Wozu euer Kampfsport? Durch Prügeln ändert ihr doch auch nichts«, sagte Yildiz. Sie dachte: Aber womit kann man was ändern? Sie hörte erst wieder auf Murat, als er sagte: »Sollen wir den Kopf einziehen und warten, bis sie ...«
»Es sind nicht alle so, Murat. Und du weißt, daß wir nicht immer hierbleiben.« Bei dem Gedanken ans Weggehen und an die Trennung von Markus stiegen ihr fast die Tränen in die Augen.
»Ich haue doch nicht aus Angst von hier ab. Ich habe genauso ein Recht, hier zu leben, wie die Deutschen.«
»Ich habe Angst um dich, Murat, und Vater und Mutter auch. Die Skins sind ...«
Aber Murat hörte ihr gar nicht mehr zu. Er stellte seinen Recorder wieder lauter. Yildiz zog ihre Füße unter der Bettdecke hervor und ging in ihr Zimmer zurück.
Sie verkroch sich in ihre Träume und Erinnerungen, aber nicht einmal da fand sie Ruhe. Ich habe mit Markus Schluß gemacht, dachte sie. Aber ich liebe ihn.
Sie erinnerte sich an den Tag, als er sie zum ersten Mal gefragt hatte, ob sie mit ihm ein Eis essen würde. »Ich weiß nicht«, hatte sie gesagt und war bis zu den Haarwurzeln rot geworden. Und dann: »Doch. Ich will schon.« Sie war schon lange in ihn verliebt gewesen.
Später waren sie dann zum Fluß gegangen und hatten die Enten mit dem Brot von Yildiz gefüttert. Es war Fladenbrot, das ihre Mutter selbst gebacken hatte. »Eigentlich viel zu schade dafür«, hatte Markus gesagt. »Solches Brot könnt nur ihr richtig backen.«
Yildiz hatte gelacht. »Wenn du magst, bringe ich dir ein ganzes mit. Das mußt du aber dann auch ganz allein essen.«
Markus hatte seinen Arm um sie gelegt. »Es ist schön mit dir. Kriegst du Ärger, wenn du mit einem Jungen gehst?«

»Du meinst, weil ich Türkin bin? Ich weiß nicht. Ich hatte noch keinen Freund . . .«
Die laute Musik in Murats Zimmer brach ab. Das holte Yildiz aus ihren Gedanken in die Gegenwart zurück. Wenn Murat und Mark sich treffen, gibt es jedesmal Streit, dachte sie. Warum nur? Denn eigentlich mögen sie mich beide. Und beide wollen mich beschützen.
Unten klappte leise die Haustür zu. Wohin geht Murat jetzt noch? überlegte sie. Es war schon spät. Wieder kroch Angst in ihr hoch. Sie wußte, daß sie nun nicht einschlafen konnte, bevor Murat wieder nach Hause kam. Das war schlimmer als die laute, harte Musik aus seinem Recorder.
Aber sie hatte noch mehr Angst vor den Gedanken, die über sie herfallen würden wie jeden Abend, wenn sie im Dunkeln lag. Immer wieder die gleichen schrecklichen Bilder und das Knacken der Pistole an ihrer Schläfe.
Sie hielt die Hände an ihren Kopf und spürte das kurze Haar. Immer noch mied sie den Blick in den Spiegel, so gut es ging. Jetzt aber stand sie auf und ging ins Badezimmer. Sie redete sich ein: Es wächst schnell. Und ich werde es nie mehr abschneiden.
Im hellen Licht stellte sie sich nackt vor den Spiegel. So haben die Kerle mich begafft, dachte sie. Sie bekam eine Gänsehaut. Ihr war, als spüre sie auf ihrer Haut wieder die Spitze des Messers, das langsam über ihren Körper vom Bauch über die Brust bis an das Kinn fuhr. Immer wieder durchlebte sie diese Angst. Davon schreckte sie aus dem Schlaf. Nacht für Nacht.
Aber nie konnte sie sich an die Gesichter erinnern, an die Form ihrer Nasen oder Lippen. Nur die Strumpfmasken und die Hände mit den Tätowierungen fielen ihr jedesmal ein.
Sie kam sich fremd vor, als sie näher an den Spiegel heran-

trat und ihr Gesicht mit dem kurzen Haar betrachtete. »Es wächst wieder«, flüsterte sie beschwörend ihrem Spiegelbild zu. »Es wächst ganz schnell.«
Sie löschte das Licht und ging in ihr Zimmer zurück. Dort verkroch sie sich in ihrem Bett und zog die Decke über den Kopf. Sie hatte nicht nur Angst vor den Erinnerungen, die in der Nacht kamen. Sie fürchtete sich auch vor jedem neuen Tag, da sie sich zusammenreißen mußte, damit die anderen nichts davon erfuhren. Nur mit ihrer Mutter konnte sie reden. Aber seit sie wußte, daß Fatma genauso litt wie sie, spielte sie ihr vor, es wäre alles wieder gut. Mark fragte nicht mehr, seit sie ihn abgewiesen hatte. Aber sie spürte oft seinen fragenden Blick. Hätte ich bloß nichts gesagt, dachte sie immer wieder. Er wird sich jetzt ausmalen, wie die Kerle mich gesehen haben: nackt an den Baum gefesselt, mit der Pistole an der Schläfe. Und wie sie sich an meiner Angst ergötzt haben.
In den ersten Tagen hatte sie sich kaum aus dem Haus getraut. Manchmal war sie nach ein paar Schritten schon wieder umgekehrt. Sie hatte Beruhigungstabletten geschluckt. Aber die Verletzungen an ihrer Seele ließen sich damit nicht heilen. Langsam begann sie sich wegen ihrer Feigheit zu verachten. Ich hätte zur Polizei gehen müssen, dachte sie. Aber schon der Gedanke daran, welche Fragen sie hätte beantworten müssen, was sie überhaupt hätte beweisen können, nahm ihr wieder den Mut.
Vielleicht hätte ich Mama nicht zurückhalten sollen, als sie auf den Abgrund zufuhr, dachte Yildiz. Dann wäre jetzt alles vorbei. So ist das wie ein Teufelskreis, aus dem ich nicht mehr herauskomme.

19.

Wenn ihr Vater mit der Familie in der Türkei telefonierte, schloß er die Tür hinter sich. Aber meistens mußte er laut reden, damit sie ihn verstanden. Yildiz konnte sich dann immerhin zusammenreimen, worum es ging. Soviel Türkisch verstand sie.

Einmal empörte sie sich: »Onkel Musa kann doch nicht einfach über unser Geld verfügen! Dagegen mußt du dich doch wehren, Papa! Warum sollen wir denn dorthin zurück?« Sie saßen beim Abendbrot. Ihr Vater hatte nach dem Telefonat keinen Bissen mehr gegessen.

»Wir sollten woanders hingehen«, antwortete Fatma Toluk an Stelle ihres Mannes. »Nach Ankara vielleicht oder nach Istanbul. In eine große Stadt jedenfalls. Ufuk und die anderen, mit denen Vater sich berät, wollen es auch so machen.«

»Ich gehe nicht mit«, sagte Murat. »Große Stadt! Wißt ihr, wo wir landen werden? In dem kleinen Kaff, wo Großvater und Onkel Musa über uns bestimmen werden. Ich denke nicht daran, für Musa zu schuften. Ich bleibe hier.«

Serdal Toluk schaute kaum hoch, als Murat sich das erste Mal so bestimmt wehrte. Er zerkrümelte das Brot auf dem Tisch, dann stand er auf und ging wortlos hinaus.

Auch Murat verzog sich bald nach dem Essen. Yildiz blieb bei ihrer Mutter im Wohnzimmer. Mißtrauisch fragte sie: »Warum denkt Vater jetzt ans Zurückgehen, Mama? Hast du ihm etwas gesagt?«

»Nein, Yili. Wenn er *das* wüßte, müßten wir noch heute die Koffer packen. Er hat auch Probleme. Die Versicherung ist doch wieder erhöht worden, der Laden läuft nicht mehr so gut. Es kommen nicht mehr so viele Kunden. Etliche unserer Familien haben die Rückkehrprämie genommen und sind in die Heimat gegangen. Wenn sie arbeitslos sind, dann bleibt ihnen nichts anderes übrig.«

»Murat will aber nicht zurück«, sagte Yildiz. »Und wenn er ausgelernt hat, wird er bestimmt die Arbeit behalten.«

»Vielleicht.« Fatma Toluk legte den Teppich, den sie ausbesserte, beiseite. Sie hatte wieder mit Teppichknüpfen angefangen. Nicht nur, weil sie sich dadurch etwas Geld verdienen konnte. Aber es machte ihr keine Freude. Als sie andere Frauen im Bauchtanz unterrichten konnte, war sie mit dem Herzen dabeigewesen. Jetzt kam sie nur selten dazu, ein Gespräch mit deutschen Frauen zu führen. Sie spürte, wie isoliert sie dadurch war. Aber Serdal hatte ihr verboten, den neuen Kursus an der Volkshochschule zu übernehmen. »Die verhöhnen unsere Tradition auf primitiven Partys damit! Ich will nicht, daß du dich dazu hergibst.« Fatma hatte sich gefügt. Sie wollte keinen Streit mit ihrem Mann.

Sie sprach jetzt oft mit Yildiz und Murat Türkisch, und sie erschrak jedesmal, wie wenig die Kinder die Sprache beherrschten. Yildiz fügte sich nur widerwillig. Sie ließ sich auch kaum einmal darauf ein, wenn ihre Mutter ihr etwas über die Geschichte ihres Landes erzählte. »Mama, das bringt mir nichts.«

»Es ist deine Heimat, Yili.«

»Nein, Mama. Ich habe keine Heimat. Weder hier noch dort. Und du kannst mir eine Heimat auch nicht einreden.«

»Aber hier können wir nicht bleiben. Es wird immer schlimmer . . .«

Yildiz wußte, daß ihnen schließlich nichts anderes übrigbleiben würde. In solchen Augenblicken stieg in ihr die Verzweiflung immer auf. So viele Jahre waren sie in Deutschland willkommen und zu Hause gewesen. Man hatte Leute wie ihren Vater als Arbeitskräfte gebraucht. Sie

wußte, wie stolz ihr Vater einmal einen Zeitungsausschnitt mitgenommen hatte, als sie ihren jährlichen Sommerurlaub bei den Großeltern verbracht hatten. Da war ein Türke abgebildet, der ein Moped geschenkt erhalten hatte. Als der wer weiß wievielte Gastarbeiter. Und jetzt? Jetzt bekamen sie Prämien dafür, wenn sie nur schnell wieder verschwanden. Nicht mehr gebraucht. Keine Arbeit. Macht, daß ihr wieder heimkommt. Wir haben selber Probleme mit der Arbeit und mit den Wohnungen. Zu viele wollen zu uns. Da war der Gedanke nicht weit: Ausländer raus! Deutschland den Deutschen! Sie sprachen es nur nicht so deutlich aus wie die Rechtsradikalen. Vielleicht dachten viele so. War es das, was ihren Vater dazu bewog, an Rückkehr zu denken? Die Angst davor, daß vielleicht auch diejenigen, die jetzt noch schwiegen, eines Tages laut fordern würden, sie sollten sich endlich davonmachen, weil sie nicht mehr gebraucht wurden?
Jetzt hätte sie Markus gebraucht, mit dem sie darüber reden konnte. Aber der ging ihr inzwischen auch aus dem Weg. Nur manchmal fing sie einen seiner Blicke auf. Ihr tat es weh, wenn sie sah, wie traurig er war. Aber nun konnte sie nicht mehr zurück.

20.

*H*os geldiniz! Herzlich willkommen!« Onkel Ufuk und Tante Yücel begrüßten die Gäste zu ihrem großen Abschiedsfest. Yildiz kannte viele der Leute, weil sie im Geschäft ihres Vaters einkauften. Sie mußte mit zu diesem

Fest, es wäre eine unverzeihliche Brüskierung gewesen, nicht daran teilzunehmen.
»Merhaba! Lyi aksamlar! – Guten Tag! Guten Abend!« Und immer wieder die Frage, auf die man eigentlich gar keine Antwort erwartete: »Ne var ne yok? Wie geht es dir, Yildiz?«
»Tesekkür ederim, iyiyim. Danke schön, gut.« Yildiz antwortete meistens deutsch.
Bei der Rakitafel hatte Fatma Toluk ihrer Schwester Yücel geholfen. Die Tische, auf denen die kalten und warmen Speisen in vielen Schüsseln aufgebaut waren, bogen sich fast. Dazwischen Unmengen von Obst und Süßigkeiten. Auf besonderen Tischen standen Krüge mit Eiswasser, mit dem die Männer ihren Anisschnaps »Raki« verdünnten. Fatma Toluk hatte auch ihren Samowar mitgebracht, weil einer für den vielen Tee, der getrunken wurde, nicht ausreichte. Yildiz wunderte sich über ihre Mutter. Die war wie aufgedreht, redete in einem fort und lachte. Yildiz machte sich nicht die Mühe, den anderen etwas vorzuspielen.
Ihr Vater saß mit den Männern zusammen, auch Murat war bei ihnen. Onkel Ufuk führte das Wort. Yildiz hörte nur Wortfetzen, weil die türkische Musik, die die ganze Wohnung beschallte, zu laut war. Auch die deutschen Nachbarn waren zu diesem Abschiedsfest eingeladen worden und gekommen. Wegen Lärmbelästigung würde sich also niemand aufregen.
Wann werden wir unser Fest geben, wann werden wir in die Türkei zurückziehen? Nicht nach Amasya, wie die Mutter ihr immer wieder versicherte. In die Großstadt, nach Ankara vielleicht oder nach Istanbul. Aber was machte das schon für einen Unterschied? Yildiz nahm sich noch einmal von den Sekerpare. Die Zuckerplätzchen mit der Mandel als Verzierung schmeckten ihr am besten. Aber sie

würden dick machen, das wußte Yildiz, die bisher immer sehr auf ihre Figur geachtet hatte. Auch ihre Mutter war sehr diszipliniert, wenn es um Süßes ging. Aber was hatte das jetzt noch für einen Sinn?

Wenig später sah sie fasziniert zu, wie ihre Mutter und Tante Yücel für die Gäste einen Bauchtanz vorführten. Ihre Mutter hatte immer noch eine sehr gute Figur und tanzte mit rhythmischer Eleganz. Sie erhielt viel Beifall, einige riefen nach Zugaben. Aber Fatma Toluk zog sich rasch ins Schlafzimmer ihrer Schwester zurück, um das Kostüm wieder auszuziehen. Sie hatte diesen Tanz nur auf Drängen der Schwester vorgeführt.

In der allgemeinen Feststimmung fiel es nicht auf, als Yildiz sich zurückzog. Sie hatte nicht weit zu gehen. Murat bestand jedoch darauf, sie bis zur Haustür zu begleiten.

»Vielleicht werden wir auch bald ein Abschiedsfest geben müssen«, sagte Yildiz leise. Aber Murat antwortete nicht, sondern lief schweigend vor ihr her.

Sie waren an der Haustür angekommen. Auf dem Rollo des Gemüseladens war noch immer die Stelle zu sehen, die ihr Vater überpinselt hatte. TÜRKEN RAUS!

»Hast du mit Mark endlich Schluß gemacht?« fragte Murat plötzlich. »Ein deutscher Junge ist nichts für dich, glaube mir. Und dann auch noch der mit so einem Bruder. Er soll endlich die Finger von dir lassen.«

Das traf Yildiz hart. Und sie schrie ihn so laut an, daß es bestimmt die ganze Straße hörte: »Du verstehst überhaupt nichts, Murat. Überhaupt nichts. Ich liebe Mark. Es tut verdammt weh, weil ich nämlich mit ihm Schluß gemacht habe. Aber das hat überhaupt nichts damit zu tun, daß du mir das verbieten willst. Spiel dich nicht als Macho auf, und rede nicht von Dingen, die du nicht verstehst!«

Murat sah seine Schwester erstaunt an. Er hatte dem Raki

schon reichlich zugesprochen. Wahrscheinlich verstand er überhaupt nicht, was sie wollte. Er nickte auch nur und sagte: »Jaja, es ist ja gut. Laß deine Haare wieder wachsen, dann such' ich dir einen türkischen . . .«

»Blöder Hund!« Yildiz drehte sich um und ging ins Haus. Seit langem war sie mal wieder allein. Keine laute Musik aus dem Zimmer des Bruders, keine erregten Gespräche der Eltern von unten, keine Türklingel aus dem Laden. Sie ging in das kleine Büro der Mutter und setzte sich auf den Stuhl vor dem Schreibtisch. Sie dachte: Jetzt werde ich bei Mark anrufen. Wenn ich Glück habe, ist er selbst am Telefon. Ich werde mich sowieso nicht melden, sondern nur seine Stimme hören und dann wieder auflegen. Es kostete sie trotzdem Überwindung, die Nummer zu wählen. Sie zitterte, als das Rufzeichen ertönte. »Hallo, hier Wend.«

Es war nicht Markus, auch nicht seine Mutter. »Wer ist da?« fragte Yildiz erschrocken, obwohl sie sich gar nicht hatte melden wollen. »Wer ist da?«

»Wend. Benedikt Wend.« Yildiz legte den Hörer schnell auf. Das war Ben gewesen. Ausgerechnet der! Sie hätte nicht anrufen sollen, niemals. Es war ein Fehler gewesen.

Yildiz warf sich aufs Bett. Die Eltern würden sicher erst nach Mitternacht kommen. Sie nahm einen Gedichtband, den ihr die Mutter auf das Bett gelegt hatte. Es waren Verse von Nazim Hikmet und Hasan Hüseyin. Langsam versuchte sie zu lesen. Es waren Gedichte von Liebe und Sehnsucht, von Hoffnung und Enttäuschung. Aber sie merkte, wie sie über die Zeilen hinweglas und nichts in ihrem Kopf blieb.

Nach einer Weile legte sie den Gedichtband auf das Nachttischchen. Es hatte keinen Zweck, sie begriff den Sinn der Gedichte nicht. Sie dachte: Wie arm wird mein Leben sein, wenn ich nicht mehr mühelos meine Bücher lesen kann.

Mir sind die Figuren aus den deutschen Büchern vertrauter, als es jemals die Gedichte von Nazim Hikmet werden können. Sofort fielen ihr einige ihrer Lieblingsbücher ein. Wie einsam werde ich mich ohne sie fühlen. Dagegen die Gedichte von Nazim Hikmet oder Hasan Hüseyin – das waren die Gefühle der Eltern, der Großeltern. Werde ich jemals so fühlen, so denken können?

21.

Am nächsten Tag traf sie Anna auf dem Weg zur Schule. »Ich habe auf dich gewartet, ich soll dir von Markus was ausrichten.«
»Wenn er mir was zu sagen hat, dann soll er es selber tun!«
»Stell dich doch nicht so an! Er kommt heute nicht in die Schule. Aber er sagt, er muß dich unbedingt sprechen. Du sollst am Nachmittag zu ihm kommen . . .«
»Ist er etwa krank?« fragte Yildiz und vergaß, daß sie mit ihm Schluß gemacht hatte.
»Ich glaube nicht. Aber es ist sehr wichtig, sagt er.«
»Und woher weißt du das?« Yildiz reagierte fast eifersüchtig.
»Ich habe geklingelt, weil ich eine CD brauche, die ich ihm geborgt hab'. Also, gehst du hin?«
Yildiz sagte weder ja noch nein. Aber sie wußte, sie würde es tun. Was kann er von mir wollen? fragte sie sich. Will er mich etwa überreden, daß wir wieder zusammen gehen sollen?
Gleich nach der Schule lief sie zu Markus. Ihre Beine zitterten, als sie die Treppen in die zweite Etage hinaufstieg. Sie

beschwor sich selbst: Bleib ruhig, Yili. Es ist Schluß mit uns beiden, und es ist das beste so.
Als sie in der Tür stand und er sie in die Wohnung zog, waren alle guten Vorsätze wie weggewischt. »Yili. Ich habe so auf dich gewartet.« Markus fiel ihr sofort um den Hals. Er ließ sie gar nicht zu Wort kommen. Und sie wehrte sich nicht. Erst als sie in seinem Zimmer waren, sagte sie: »War es das, was du mir so Wichtiges zu sagen hattest?«
»Nein, Yili. Aber das ist auch wichtig. Denn so schnell lass' ich mich nicht abschieben von dir. Was ich dir sagen wollte, ist, daß mein Bruder wieder in der Stadt ist.«
In dem Augenblick, wo Markus das sagte, fiel ihr das Telefonat ein. Und plötzlich erschrak sie. Ben ist da!
»Das weiß ich«, sagte Yildiz. »Und da verlangst du, daß ich hierherkomme, Mark? Soll er mich noch mal in sein Zimmer zerren, mich quälen, mich demütigen? Bist du noch normal, oder willst du dich etwa rächen, weil ich Schluß gemacht habe?«
Markus faßte sie an der Schulter.
»Was redest du für einen Blödsinn! Du brauchst keine Angst zu haben, er kommt immer erst spät. Ich liebe dich doch. Und ich will dich nur warnen!«
Markus kam nicht weiter. Plötzlich stand Ben in der Tür. Weder Markus noch Yildiz hatten gehört, wie er die Tür aufgeschlossen hatte. »Wen willst du warnen, Brüderchen? Deine Türkenbraut? Habe ich ihr nicht deutlich genug gesagt, daß sie hier unerwünscht ist?«
Yildiz schrie vor Entsetzen laut auf und wollte an Ben vorbei. Der stellte sich aber breitbeinig hin und ließ sie gegen seine Brust prallen. »Hast du das damals nicht begriffen? Brauchst du Nachhilfestunden?«
Yildiz drückte sich vor Angst an die Wand. Diese Augen! Kalt, voll Hohn und Haß. Und die Stimme, die Worte

waren wie die der Skins, die sie gefoltert hatten. Bei dem Gedanken ergriff sie Panik. War sie in eine Falle geraten? Lauerten die anderen etwa vor der Wohnungstür?

»Mach, daß du rauskommst!« schrie Markus seinen Bruder an. »Hau ab! Du hast hier nichts mehr zu suchen, das hat dir Mutter ganz deutlich gesagt. Verschwinde, bevor ich mich vergesse!«

Yildiz sah, wie Bens Augen schmal wurden. Seine Worte klangen wie Metall, das auf Metall klirrt: »Ich habe schon längst einiges vergessen. Und stell dich mir nicht noch mal in den Weg. Das würdest du schmerzlich bereuen.«

Mit einem lauten Knall fiel die Flurtür hinter ihm ins Schloß. Yildiz lehnte immer noch an der Wand. Sie zitterte und hatte die Augen geschlossen. Wie aus weiter Ferne drangen die Worte von Markus zu ihr. »Er hat noch einen Schlüssel«, sagte er verstört. »Wir müssen das Schloß auswechseln lassen. Mama hat ihn heute früh rausgeschmissen. Ich sollte hierbleiben, damit er nicht noch mehr Schaden anrichten kann.« Markus lief durch das Zimmer, durch den Flur. Er stotterte und gestikulierte mit den Händen. Er redete und redete, aber es war, als spräche er nur zu sich selbst. Er war völlig durcheinander.

»Es gab Streit. Meine Mutter machte ihm Vorwürfe, weil er bei denen mitmacht. Sie hat ihm gesagt: Die oder wir! Da ist er ausgerastet und hat meine Mutter geschlagen. Im Wohnzimmer sieht es wie nach einer Saalschlacht aus. Er sollte die Wohnung nie wieder betreten, hat meine Mutter gesagt. Aber vorhin habe ich vergessen, die Kette wieder vorzulegen.«

Plötzlich schrie Yildiz los: »Hör auf, laß mich in Ruhe! Das interessiert mich alles nicht! Das ist mir egal! Wegen deiner Familienprobleme lieferst du mich an diesen Nazi aus! Kannst du überhaupt noch normal denken?«

Yildiz konnte nicht mehr. Ihr Hals brannte, der Kopf schmerzte, alles an ihr tat ihr weh.
Markus stand in der Tür wie ein geprügelter Hund. Er wollte etwas sagen, aber die Stimme gehorchte ihm nicht. Er schluckte und schluckte. Dann nahm er einfach ihre Hand und zog sie hinter sich her.
Yildiz sah die Verwüstungen im Wohnzimmer. Markus hatte versucht, ein bißchen Ordnung zu machen. Er war verletzt, das sah Yildiz erst jetzt. Seine Haare verdeckten notdürftig ein Pflaster an der Stirn.
Sie sah das alles schweigend an. Sie war unfähig, irgend etwas zu denken oder zu sagen. Yildiz ging durch den Flur zurück zur Wohnungstür. Als sie nach der Klinke griff, hielt Markus ihre Hand fest. »Yili, ich wollte dich wirklich warnen, dich und deine Familie . . .«
»Dann geh zur Polizei. Ich bin die falsche Adresse.«
Markus schüttelte den Kopf. »So wie du die Polizei informiert hast? Anzeige gegen Unbekannt?«
»Nein, Anzeige gegen deinen Bruder, Mark. Nicht gegen Unbekannt.«
Dann ging sie einfach los. Sie stieg die Treppe hinab und trat auf die Straße. Sie lief und lief. Passanten rempelten sie an, und an einer Kreuzung wurde sie fast angefahren. Doch sie bemerkte das alles nicht. Sie wußte nicht einmal, wie sie nach Hause gekommen war.
Nach dem Mittagessen verkroch sie sich in ihr Zimmer. Doch ihre Mutter hatte bemerkt, daß etwas passiert war. Als Serdal Toluk wieder in den Laden ging, kam sie zu Yildiz herauf. Erst weinte Yildiz nur, dann berichtete sie. Die Angst war allein nicht auszuhalten. Und es war gut, daß sie der Mutter erzählen konnte, was vorgefallen war.
»Warum hat Markus mir nicht von Anfang an die Wahrheit gesagt?«

»Vielleicht befürchtete er, daß du dich von ihm trennen könntest, Yili.«
»Ich habe mit ihm Schluß gemacht. Aber ich liebe ihn immer noch, Mama.«
Yildiz heulte sich aus, und die Mutter hielt sie wie ein kleines Kind in den Armen. »Bleibt uns wirklich nichts anderes übrig, als hier wegzugehen?« fragte sie schließlich.
Sie erhielt keine Antwort. Aber am Abend kam Murat zu ihr. »Ich weiß, was los ist. Ich weiß jetzt alles«, sagte er. »Von Mama. Jetzt wird etwas passieren!«
Yildiz sah, wie er die Fäuste in die Taschen seiner Jeans stemmte. »Und über Markus reden wir noch. Manches sehe ich da sicher falsch. Aber manches auch nicht!«
Yildiz wollte wieder schreien: »Nichts wirst du machen, Murat! Halte dich da raus!« Aber sie war zu müde, es fehlte ihr einfach die Kraft dazu.
»Wir werden uns diesen sauberen Ben vorknöpfen, den und seine Glatzkopfbande!« sagte Murat bestimmt. »Und Markus wird mich zu ihnen führen. Und wenn ich ihn hinprügeln muß!«
Er hörte in seiner Wut gar nicht, daß Yildiz verzweifelt abwehrte. »Murat, Ben war doch gar nicht dabei. Ich kann nicht mal beweisen, daß er die Skins auf mich gehetzt hat. Vielleicht wollte er damit erreichen, daß Schluß ist zwischen Mark und mir. Aber ich habe keinen erkannt. Die hatten alle Strumpfmasken auf. Die lassen sich nicht einfach finden. Und wenn . . . Ich habe Angst um dich!«
Murat beruhigte sich nicht. »Ich finde diese Mistkerle. Die werden nicht noch einmal ein türkisches Mädchen anrühren.«
Nachts wurde Yildiz von Sirenengeheul aus dem Schlaf gerissen. Sie lief aus dem Zimmer und sah Murat aus dem

Haus rennen. Auch ihre Eltern waren wach geworden. Serdal Toluk öffnete das Fenster.
»Es brennt«, sagte er. »Es brennt in der Vorstadt. Die Feuerwehr ist schon unterwegs.«
Yildiz konnte lange nicht mehr einschlafen.
Am nächsten Morgen kam ihr Vater aus der Markthalle mit der Nachricht zurück, daß das Ausländerwohnheim gebrannt hatte.
»Brandstiftung!« Yildiz kannte die Antwort, noch bevor ihr Vater etwas sagen konnte. »Gibt es Tote?«
»Nein. Aber fünf Verletzte. Rumänen und Tamilen. Zwei Kinder sind darunter. Jetzt haben sie nicht mal mehr ein Dach über dem Kopf.«
Fatma Toluk schlug die Hände vors Gesicht, dann rannte sie in ihr kleines Büro. Yildiz hörte, wie sie wieder einmal nach Luft rang und hustete.
»Wer war es?« preßte Yildiz heraus. »Haben sie die Täter?«
Bevor ihr Vater antworten konnte, kam Murat. Im Gesicht hatte er Rußspuren, und die Jeansjacke war zerrissen. »Nein«, sagte er hart. »Sie haben Molotowcocktails in die Fenster geschmissen und sich davongemacht. Wir haben rausgeholt, was noch zu retten war, als die Feuerwehr abzog.«
»Murat, du blutest an der Hand«, sagte Yildiz erschrocken. Murat wehrte ab: »Es ist nichts.«
Sie sah ihm hinterher, als er ins Bad ging. Sie bewunderte ihn jetzt. Er hatte geholfen, während sie, wie die meisten in der Stadt, wieder ins Bett gekrochen war.

22.

In der Schule wurde heftig darüber diskutiert. In der Klasse von Yildiz gab es einige, die zu den Ereignissen schwiegen oder die bezweifelten, ob es überhaupt die Skins waren. Aber die meisten waren eher betroffen darüber, daß so etwas in ihrer kleinen Stadt passieren konnte.

Sven sagte: »Wer kümmert sich denn um die Skins? Sie werden doch in die Enge getrieben, wo immer sie auch auftauchen. Natürlich wehren die sich. Ihre Probleme hört sich ja keiner an. Wer gibt ihnen denn eine Arbeitsstelle, eine Wohnung? Sie suchen Schutz in der Gruppe. Da allein fühlen sie sich sicher –«

Sven konnte nicht weiterreden. Er wurde einfach überschrien. Es dauerte, bis sich die Klasse beruhigte.

Andere verlangten härtere Strafen. »Die Polizei ist denen gegenüber machtlos. Und die Gerichtsurteile sind der blanke Hohn!«

»Das sind nicht nur welche von uns. Da sind 'ne Menge Ossis dabei. Wer hat denn damals in Rostock die Molotowcocktails geschmissen? Die haben doch damals angefangen . . .«

Alle redeten jetzt durcheinander.

Andy fühlte sich persönlich angegriffen. Er war zum Schuljahresanfang mit seinen Eltern aus Chemnitz hierhergezogen. »Wundert euch das? Die in der DDR haben uns doch Solidarität verordnet mit den Fidschis und den Negern. Aber die hatten Westgeld und konnten den Intershop leer kaufen, während wir uns an den Scheiben die Nasen platt gedrückt haben. Für ein paar Dollar sind manche Mädchen mit denen ins Bett . . .«

Jutta Merkel hatte bisher nicht in die Diskussion eingegriffen. Jetzt sagte sie: »Bleiben wir bei dem schrecklichen Ereignis, das letzte Nacht bei uns geschehen ist. Dazu gibt es noch eine Menge zu sagen. Sven?«

Aber Sven kam wieder nicht zu Wort. Andy reagierte verletzt: »Auf die Ossis könnt ihr das nicht schieben. Habt ihr euch mal überlegt, wie das ist, wenn alles über eurem Kopf zusammenbricht? Plötzlich volle Schaufenster, aber kein Geld, keine Arbeit, keine ordentliche Wohnung. Und die Ausländer hocken in den Neubaublocks rum, mit Fernheizung und warmem Wasser. Denen wird doch hinten und vorn alles reingeschoben. Krieg da mal Verständnis, geschweige denn Solidarität!«

Endlich kam Sven wieder zu Wort. »Geht's uns denn anders? Da braucht doch nur so ein Kanake zu kommen und das Wort Asyl zu rufen, und schon blasen sie ihm Zucker in den Hintern. Aber was wird aus uns? Die Skins wehren sich doch nur, weil sie total ausgegrenzt werden, beißen aus Wut um sich, um auf die ganze Misere aufmerksam zu machen.«

Markus war blaß und hatte ein gefährliches Flimmern in den Augen. »Merkt ihr gar nicht, wohin diese Diskussion führt? Laßt ihr euch auch schon die Köpfe vernebeln? Klingt gut, was die Neos sagen, was? Raus mit denen, die uns nur Geld kosten. Raus mit den Ausländern, die unsere Steuern fressen. Laßt euch nichts gefallen, ihr seid Deutsche! Gefällt euch das?«

Jutta Merkel sagte: »Habt ihr euch mal darüber informiert, aus welchen Gründen die Ausländer Zuflucht bei uns suchen?«

Sven rief dazwischen: »Weil sie denken, hier ist das Schlaraffenland. Ich bin wirklich keiner von denen, aber ich kann die Neos verstehen.«

»Ich nicht!« Ulrike sah das erregte Gesicht von Yildiz. Sie

konnte einfach nicht mehr ruhig zuhören. »Fühlt ihr euch etwa bedroht von denen, die oft nur ihr blankes Leben gerettet haben? Wollt ihr, daß man sie einfach abschiebt? Was haben sie euch denn persönlich getan?«

Yildiz konnte das alles nicht mehr hören. Ihr wurde übel, und sie rannte aus dem Klassenzimmer. Auf der Toilette mußte sie sich übergeben. Was war das nur für eine Klasse! Wie redeten die über Menschen, bloß weil sie eine andere Sprache hatten oder eine andere Hautfarbe! Wußten Sven und die anderen überhaupt, wovon sie sprachen?

Yildiz öffnete das Fenster und atmete tief die frische Luft ein.

Was hatten sie gesagt? Die Politiker wüßten gar nicht mehr, wie es normalen Bürgern zumute wäre, wenn sie dauernd mit den Fremden konfrontiert würden? Die Ausländerproblematik werde von den Politikern nicht ernstgenommen? Sie lachte bitter auf. Das kann ich nur bestätigen – wenn auch anders, als ihr es meint. Ja, wenn etwa die RAF irgendwo losschlägt und ein Bekennerschreiben hinterläßt, dann gibt es eine landesweite Fahndung. Aber so? Es ist ja nur ein Asylantenheim angezündet worden. Und die örtliche Polizei wird gegen Unbekannt ermitteln. Das war's dann.

Yildiz ging nicht mehr in die Klasse zurück. Es war die letzte Stunde. Sie wartete, bis der Gong ertönte. Ulrike brachte ihre Tasche mit. »Mies, was?«

Yildiz nickte nur. Sie dachte: Wenn die wüßten, was die Skins mit mir gemacht haben! Was würden sie dazu sagen? Würden sie dann auch so großmäulig reden?

Ulrike ging neben ihr. »Die schmeißen alle in einen Topf«, sagte sie. »Und sie vergessen dabei, daß es auch solche wie dich gibt. Die hier geboren sind, die schon immer hier leben. Wollen deine Eltern wirklich wieder in die Türkei zurück?«

»Ja. Und vielleicht ist es auch besser so.«

Vielleicht gehören von denen, die heute über die Skins streiten, morgen schon welche zu ihnen, dachte Yildiz. Ich hätte früher auch nicht für möglich gehalten, daß Mark einen solchen Bruder hat.

23.

Auch zu Hause wurde über nichts anderes als über den Brand gesprochen. Die Kunden im Laden sprachen mit Abscheu über den feigen Anschlag. »Warum habt ihr keine Anzeige erstattet, als sie euch den Rolladen beschmierten und die Reifen zerstachen?«

Serdal Toluk zuckte nur mit den Schultern. »Was hätte das geändert? Sie hätten es wieder getan. Können wir uns wehren? Wir sind Gäste in diesem Land.«

»Schöne Gastfreundschaft!« empörte sich eine deutsche Kundin, die schon seit Jahren in den Laden kam. »Wenn ich Gäste habe, dann lasse ich es nicht zu, daß ihnen in meiner Wohnung Unrecht geschieht.«

Am Nachmittag kam der Anruf aus Amasya, der alles, was in der Nacht geschehen war, vergessen ließ. Serdal Toluk legte mit zitternden Händen den Hörer auf. »Es war Musa. Vater ist gestorben.«

Er setzte sich in dem kleinen Büro an Fatmas Schreibtisch. »Was sollen wir jetzt tun?«

»Geh in den Laden, Yildiz«, sagte Fatma und zog die Tür hinter sich zu. Sie setzte sich zu Serdal, der mit stumpfem Blick vor sich hin starrte. »Was nun, Serdal? Du mußt hinfahren. Was hat Musa gesagt?«

Serdal Toluk stützte den Kopf in die Hände: »Er will nun alles mit mir klären. Er pocht auf das, was Vater ihm gesagt hat. Wir sind eine Familie, wo einer für den anderen dasein muß. Er will . . .«
Fatma stand auf und streichelte ihm über den Kopf. »Musa kann dir nichts vorschreiben. Tu nur das, was du selbst auch willst, Serdal. Aber hinfahren mußt du, um alles zu besprechen. Ein für allemal muß das geklärt werden. Es geht auch um die Kinder.«
»Vater ist tot«, sagte Serdal. »Ich habe ihn geliebt. Warum habe ich nicht schon früher mit ihm alles besprochen?« Er legte den Kopf auf den Schreibtisch und schluchzte. Da ließ Fatma ihren Mann allein.
In der Nacht, als beide schlaflos im Bett lagen, überredete Fatma ihn, Yildiz zur Beisetzung mitzunehmen. Sie buchte die Flüge nach Ankara. Von da aus mußten sie per Bus und Bahn weiterfahren. Aber Serdal wäre lieber mit seiner Frau gefahren. Und sie wußte, daß er sich vor der Auseinandersetzung mit seinem Bruder Musa fürchtete.
»Einer muß dableiben und sich um das Geschäft kümmern, Serdal«, bestimmte sie. »Mit Murat und Gülgün schaffe ich das. Und Musa kann nicht verlangen, daß wir alle vier kommen.«
»Musa nicht. Aber meine Mutter . . .«
»Die sieht Yildiz lieber als mich.« Fatma Toluk hatte instinktiv diesen Vorschlag gemacht. Später dachte sie: Es ist gut, wenn Yildiz eine Weile hier weg ist und auf andere Gedanken kommt. Vielleicht gewöhnt sie sich dann leichter an den Gedanken, ganz dorthin zu ziehen.
Mit Musa würde es Streit geben, das war sicher. Wenn nur Serdal nicht umkippte und seinem Bruder wieder nachgab. Jetzt sagte er: »Wenn wir zurückgehen, dann werde ich Mutter zu uns nehmen. Wir werden Platz für sie haben.

Und warum soll ich Musa dafür Geld geben, daß er sich ein Haus baut und einen Lastwagen kauft.«
Aber würde er auch bei diesem Vorsatz bleiben? Fatma zweifelte. Wenn er erst mit seiner Familie zusammen ist, dann werden sie ihn unter Druck setzen, dachte sie.
Yildiz mußte sie auch erst dazu überreden, mitzufliegen.
»Es ist doch nicht schlecht, wenn du dir alles mal mit anderen Augen ansiehst. Bisher waren es immer Ferien, die wir in Amasya verlebt haben. Schau dich mal um, ob du dort zur Schule gehen könntest und ob du überhaupt dort leben möchtest.«
»Ich denke, wir wollten nach Istanbul ziehen oder nach Ankara?«
Fatma Toluk sagte leise: »Wohin wir ziehen werden, weiß allein Allah.«
Yildiz freute sich überhaupt nicht auf diese Reise. Eine Beerdigung war neu und etwas Beängstigendes für sie. Strenggläubige Moslems bestatteten ihre Toten nicht in Särgen wie die Deutschen, das wußte sie. Aber die Rituale waren ihr fremd. Die Vorschriften verboten sogar den Frauen, gemeinsam mit den Männern die Bethäuser aufzusuchen.
Yildiz kannte die Kirchen ihrer Kleinstadt hier. Sie liebte diese Atmosphäre, die Stille, den strengen Geruch des Weihrauchs, das Licht, das durch die bunten Scheiben drang. Und immer wieder wunderte sie sich, wie ähnlich vieles in der Religion der Christen und im Islam war. An die Vorschriften der Bibel hielten sich viele Christen auch nicht. Liebe deinen Nächsten wie dich selbst! Wie weit klafften da Gebot und Wirklichkeit auseinander.
Einmal war sie zusammen mit Ulrike und Anna im Dom zu einem Orgelkonzert gegangen. Die Fugen von Bach hatten sie seltsam berührt, ganz fremd, aber auch wieder nah war diese Musik. Sie wühlte sie innerlich auf und beruhigte

gleichzeitig. Seitdem liebte sie Bach ebenso wie vorher Mozart und Beethoven. Damals hatte sie das erste Mal gedacht: Eigentlich bin ich viel mehr deutsch als türkisch. Wie könnte ich mich jemals in der Türkei heimisch fühlen?

Sie konnte aus dem Schlaf geweckt werden und hätte sofort auf der Landkarte zeigen können, wo München oder Köln, Flensburg oder Kassel lagen. Würde sie jemand nach Konya oder Erzerum fragen, müßte sie lange auf der türkischen Landkarte suchen.

»Das sind unsere alten Städte mit unserer großen Geschichte«, hatte ihre Mutter gesagt. »Wir werden dorthin fahren und dir alles zeigen. Auch Ephesus und Troja . . .«

Ja, ja! Irgendwann einmal. In den Ferien.

Im Geschichtsunterricht hatte sie aber weiterhin nach deutschen Lehrplänen gelernt. Troja – das war damals die Sache mit dem Deutschen Schliemann! Und das lag in der heutigen Türkei. Der schöne Altar von Pergamon, den sie unlängst im Osten Berlins im Museum besichtigt hatte? Wo ist dieses Pergamon?

Ich denke deutsch, ich fühle deutsch, ich träume sogar deutsch. Aber jetzt habe ich Angst vor den Deutschen. Sie berichtigte sich sofort: Nicht vor *den* Deutschen. Das war genauso blöd wie die Meinung, Ausländer seien minderwertig, müßten geduzt werden und stinken ständig nach Knoblauch. Sie hatte Angst vor denen, die Haß schürten und sie beschimpften, bedrohten, ihr Gewalt antaten. Sie töten wollten.

Diese Gedanken beschäftigten sie während des Fluges von Frankfurt nach Istanbul. Ihr Vater war mit anderen Problemen beschäftigt. Sie dachte: Ich werde ihm helfen, so gut ich kann. Hoffentlich ist er nicht zu weich und wird Musa wieder Zugeständnisse machen. Denn es ist auch unser Leben, über das er hier entscheidet.

24.

Die Begräbniszeremonie war für Yildiz ohne innere Anteilnahme vonstatten gegangen. Sie kannte ihren Großvater ja kaum. Wenn sie zu Besuch gewesen waren, hatte er ihr höchstens mal die Wange getätschelt und gesagt, daß sie ein schönes Mädchen ist.
Meistens hatten die Männer zusammengehockt, Tee getrunken und geraucht. Ihr Großvater war sehr bestimmend gewesen. Wenn er etwas anordnete, fügten sich die Söhne und die Ehefrau. Aber ihre Großmutter hatte ihr dann oft zugeblinzelt, was soviel bedeutete wie: Laß ihn nur reden, dann ist alles gut.
Yildiz liebte Großmutter Ayshe sehr. Sie konnte nur nicht ausstehen, wenn Großmutter ständig Heiratspläne für sie schmiedete. Großmutter schien übrigens nicht allzusehr zu trauern. Vor den Nachbarn und der Familie beweinte sie zwar ihren Mann, um keinen Zweifel an der Trauer aufkommen zu lassen, aber Yildiz merkte bald, daß ihre Großmutter ganz andere Sorgen hatte. »Ich will nicht mit Nirgül unter einem Dach wohnen.«
Musa aber tat, als wäre das alles schon geregelt. »Wir bauen ein Haus, in dem auch Mutter ihren Platz hat.«
»Hast du genug Geld, um ein Haus zu bauen?« Yildiz wußte, welchen Mut ihr Vater zu dieser Frage brauchte. »Von mir kannst du nämlich nichts mehr bekommen, Musa. Wir werden unser Geld für unser Haus brauchen. Du kannst nicht über das verfügen, was wir in den Jahren gespart haben. Über zwanzig Jahre haben wir in Deutschland hart gearbeitet. Was hast du in dieser Zeit gemacht?«
Musa starrte seinen Bruder an, als glaube er nicht, was dieser sagte. Sein Adamsapfel hüpfte auf und ab, und sein

Gesicht wurde zornrot. »Ich habe mich um die Familie gekümmert, Serdal«, schrie er. »Dir war egal, was aus den Eltern und uns wird. Du hast dich lieber draußen in der Welt rumgetrieben. Was weißt du denn, was hier los war . . .«
Bei der Auseinandersetzung ging es laut her. Yildiz lief zur Großmutter, die in der Küche saß und die Hände im Schoß hielt. Mit geschlossenen Augen lauschte sie dem Streit der Männer. Als Yildiz sich zu ihr setzte, sagte sie: »Er ist kaum unter der Erde, da geht der Streit los. Werdet ihr bald zurückkommen, Sternchen? Will dein Vater wirklich ein Haus bauen? In Amasya etwa?«
»Ich weiß es nicht, Großmutter.«
Ayshe Toluk knüpfte ihr Kopftuch fester unter das Kinn. Es war verrutscht, als sie das Ohr frei machte, um besser hören zu können. Yildiz betrachtete das faltige Gesicht der alten Frau. Dann rechnete sie nach, wie alt Großmutter sein konnte. Sechzig, höchstens fünfundsechzig. Aber sie sah viel älter aus. Nur die Augen waren jung geblieben und blitzten angriffslustig. »Ich lasse mich von Musa nicht bevormunden. Er ist nicht mein Ehemann. Soll er sich bei Nirgül durchsetzen. Die macht den Imam in der Familie, und alle beten es nach.«
Yildiz lachte. Die Großmutter schaute sie nachdenklich an. »Es ist das erste Mal, daß du lachst. Seit du angekommen bist, hast du ein trauriges Gesicht. Um deinen Großvater trauerst du doch nicht. Also, was ist mit dir, Yildiz?«
Yildiz schüttelte den Kopf. »Du würdest es nicht verstehen, Großmutter. Es ist so vieles anders geworden in letzter Zeit.«
»Du willst nicht in die Türkei zurück?«
Yildiz nickte. Dann erzählte sie der Großmutter, wie sich das Leben in Deutschland für Ausländer verändert hatte.

»Da gibt es welche, die uns am liebsten rausschmeißen würden. Die denken, die Ausländer nehmen ihnen die Arbeit weg und die Wohnungen, leben von ihren Steuergeldern. Sie hassen uns, schmieren ihren Haß an die Wände und stechen uns die Autoreifen durch.«
Ayshe Toluk hielt erschrocken die Hand vor den Mund. Dann sagte sie leise: »Davon hat Serdal noch nie etwas erzählt. Das wußte ich nicht. Und dein Großvater auch nicht. Ich dachte immer, ihr seid glücklich in diesem Deutschland.«
»Wir waren auch glücklich«, sagte Yildiz. »Aber jetzt nicht mehr.«
Von den eigenen schlimmen Erfahrungen sprach sie nicht. Aber es tat schon gut, daß sie jemanden hatte, der zuhörte.
»Alle, die dort waren, erzählen immer nur Gutes«, sprach Ayshe gedankenverloren. »Sie arbeiten und verdienen viel Geld. Sehr viel Geld. So viel habe ich noch nie in meinem Leben gesehen. Und dein Großvater auch nicht. Warum erzählt niemand davon, daß sie euch hassen und loswerden wollen? Haben sie dir auch weh getan, Sternchen?«
Yildiz konnte nun die Tränen nicht mehr zurückhalten. Sie hatte das Gefühl, daß ihr noch nie im Leben jemand mit soviel Anteilnahme zugehört hatte. Ayshe Toluk nahm die Enkelin in ihre Arme und streichelte über das kurzgeschnittene Haar. »Hast du deshalb auch diese neue Frisur, Sternchen? Damit sie dich nicht gleich als Türkin erkennen?«
Jetzt konnte Yildiz sich nicht mehr beherrschen, und Ayshe Toluk erfuhr auch das Schreckliche, das die Skins ihrer Enkelin angetan hatten. Da weinte sie auch.
Es war lange still zwischen den beiden, die in der alten Küche saßen, wo das blankgeputzte Kupfergeschirr über dem Herd hing. An den dunklen Balken leuchteten Knob-

lauchzöpfe und getrockneter Paprika. Yildiz wurde langsam ruhiger. Sie spürte durch den schwarzen Stoff des Kleides die Wärme, die von der Großmutter kam. Das tat ihr gut. Und sie dachte: Wie habe ich es ohne sie so lange ausgehalten? Ich hätte sie oft gebraucht, um mich bei ihr auszuweinen.

Ayshe Toluk streichelte sie immer noch. Dann sagte sie leise: »Jetzt weißt du nicht mehr, wo du hinsollst, nicht wahr? Ich kann dir auch keinen Rat geben, Sternchen. Es ist gut, daß du lernst und einen Beruf haben willst. Ich hatte keinen. Und ich konnte mich nie wehren, weil ich abhängig war. Erst von meinem Vater, dann von meinem Ehemann, jetzt von Musa.« Wieder entstand eine Pause. Yildiz ahnte, daß die Großmutter in dieser Stunde auch ihr eigenes Leben an sich vorüberziehen ließ. War sie glücklich gewesen? Yildiz wußte es nicht. Wir wissen alle viel zuwenig voneinander, dachte sie.

Da sagte Ayshe Toluk plötzlich: »Hörst du, wie sie immer noch streiten? Ich wünschte, Serdal würde endlich einmal nicht nachgeben, wenn Musa etwas verlangt.«

Yildiz dachte: Ich habe auch nicht gewußt, was wirklich hier los ist. Wir haben alle einander etwas vorgemacht. Hier gilt genau das, was anderswo auch gilt: Der Stärkere unterdrückt den Schwachen.

Großmutter Ayshe stand auf und stellte den Wasserkessel auf den Herd. »Ich werde Tee machen«, sagte sie.

25.

Ihr Vater fuhr mit seinem Schwager Ufuk die wenigen Kilometer nach Amasya. Yildiz hatte gebeten, daß man sie mitnahm. Sie wollte sich das Grundstück auch ansehen, das man dem Vater angeboten hatte. »Wir werden ein Haus bauen«, hatte Serdal Toluk gesagt. »Und Mutter kann dann bei uns leben, wenn sie will. Bis wir einmal zurückkommen, könnte sie auch bei Ufuk wohnen, wenn Musa den Platz hier braucht. Meinetwegen kann Musa das Haus der Eltern übernehmen. Ich stelle keine Ansprüche.«
Es hatte lange gedauert, bis die Brüder sich einigten. Yildiz sah ihrer Großmutter die Erleichterung an. Aber dadurch war auch sicher, daß irgendwann eine Rückkehr in die Türkei geplant war. Vielleicht schon bald?
Die Fahrt dauerte nicht lange. Ufuk hatte aus Deutschland ein gutes Auto mitgenommen. Der Grundstücksbesitzer kam beinahe pünktlich, und die Männer wurden sich schnell handelseinig.
Yildiz aber dachte: Ich werde auch nicht gefragt. Mir geht es wie meiner Großmutter. Und Mama wird auch vor vollendete Tatsachen gestellt. Sie muß sich einfach damit abfinden.
Sie schaute sich um, Landschaft und Umgebung gefielen ihr auf den ersten Blick. Das Grundstück lag über dem Tal. Unten rückten die mit Schindeldächern gedeckten Häuschen Amasyas eng zusammen. Nur die spitzen Minarette ragten hervor. Ihre Mutter hatte ihr einmal erzählt, daß es siebenundzwanzig sind. Yildiz erinnerte sich jetzt auch daran, wie sie mit ihrer Mutter in den Ferien nach Amasya gegangen war. Sie hatte den Worten der Mutter gelauscht wie einer alten Geschichte aus Tausendundeiner Nacht:

Vor Jahrhunderten führte der Königsweg von Stambul nach Bagdad durch die Stadt, und Kamelkarawanen trugen ihre kostbaren Lasten zu den Händlern in die weite Welt. Yildiz konnte sich das jetzt gut vorstellen, als sie vom Hang hinunter auf das Gewirr der Straßen sah. Dann schweifte ihr Blick auf den Burgberg gegenüber, auf die Festung, deren Mauern fast bis ins Tal führten. Sie erkannte sogar die Grabhäuser, die auf halber Höhe in den weichen Kalk gehauen worden waren. Pontische Königsgräber.
Ihr war, als sähe sie plötzlich alles mit anderen Augen. Dabei war sie doch nicht nur einmal durch die buckligen Altstadtgassen gelaufen, hatte auch die schön restaurierten osmanischen Bürgerhäuser gesehen, die über dem Ufer des Yesihirmak, des »Grünen Flusses«, lagen. Dabei hatte sie die Zeit hier aber immer als Urlaub betrachtet. Der Gedanke, ständig hier zu leben, war ihr nie gekommen. Wenn sie sich früher an Amasya erinnert hatte, dann waren das helle freundliche Wochen gewesen, der bunte Basar, der Mädchenpalast, aber auch die Hektik des neu Hinzugekommenen: verstopfte Straßen, Lärm, Abgase – und immer eine gewisse Fremdheit.
Die Stimme eines Muezzin rief die Gläubigen von einem der vielen Minarette zum Gebet. Gleich danach folgten die anderen, ihre scheppernden Lautsprecher verursachten einen Höllenlärm. Die Männer waren daran gewöhnt. Fünfmal täglich verbeugten sie sich in Richtung Mekka und sprachen ihr Salam. Yildiz wandte sich ab und dachte: Sicher ist das reine Routine. Oder denken sie dabei wirklich an Allah?
Am Hang unter den Grundstücken standen Apfelbäume in langen Reihen. Mamas Traum wird sich erfüllen, dachte sie. Der Fluß da unten und die Apfelbäume. Wenn sie blühen, wird es aussehen, als sei Schnee gefallen. Die Bie-

nen werden Honig sammeln, und die Sonne läßt die Äpfel reifen.
»Allah göstermesin!« sagte der Verkäufer des Grundstückes und lachte. Da sei Gott vor! verstand Yildiz. In den wenigen Tagen hatte sie viel dazugelernt. Aber was hatten die Männer inzwischen abgemacht?
Der Vater verabredete sich mit dem Besitzer, um den Kauf beurkunden zu lassen. Er und Ufuk hatten beschlossen, ein Doppelhaus zu bauen. Ufuk wollte so bald wie möglich mit dem Bau beginnen. Was werde ich Mama erzählen können? dachte Yildiz. Wie schön der Ausblick hier ist? Und daß sie den Berg hinuntersteigen muß, wenn sie etwas einkaufen will? Hinunter in die Stadt mit dem Markt, den Geschäften, den Autos. Und daß ihre Schwester Yücel auch hier wohnt und sie dann nicht allein ist in der alten, neuen Heimat? Ob sie sich freut, wenn Großmutter mit in dem Haus wohnt, das Vater mit Ufuk bauen will? Yildiz war hin- und hergerissen in ihren Eindrücken, Gefühlen und Gedanken.
Als sie in das Auto stiegen, um zurückzufahren, dachte sie: Wenn diese Verbrecher, diese verdammten Skins, mir das nicht angetan hätten, würde ich wahrscheinlich mehr darum kämpfen, daß wir in Deutschland bleiben, ich mein Abitur machen und studieren kann.
Dann hätte ich das Tal, die Stadt und die Apfelbäume sicher mit anderen Augen gesehen, eben mit den Augen des Besuchers.
Onkel Ufuk und Vater diskutierten während der Rückfahrt lautstark über die Preise von Baumaterialien und Handwerkerlöhnen. Ufuk hatte da schon Erfahrungen gesammelt. Er hatte sein Erspartes in Devisen angelegt, der hohen Inflation wegen. Und er riet seinem Schwager, auf keinen Fall zuviel Geld auf einmal in türkische Lira einzutauschen.

Yildiz hörte nicht mehr hin. Das waren nicht ihre Probleme. Wie sie Onkel Ufuk und ihren Vater kannte, würde das Haus schnell stehen. Apfelbäume und Grüner Fluß, darüber am Hang ein Haus. Ein neues Haus, das war auch immer eine neue Hoffnung, ein Strich unter die Vergangenheit und ein Blick in die Zukunft.

26.

*D*as Haus, in dem Großmutter Ayshe jetzt allein mit ihren drei Katzen lebte, hätte bestimmt viel zu erzählen gehabt. Dort waren Generationen von Kindern aufgewachsen, hatten zu Füßen der Alten im Hof gespielt, Feste waren gefeiert worden, wo sich die Tische sprichwörtlich unter den Speisen gebogen hatten. Weinreben rankten an der Hauswand, und im Garten erntete man das, was man zum einfachen Leben brauchte. Das Brot wurde seit eh und je selbst gebacken. Großmutter hatte bestimmt nicht nötig gehabt, auf dem Markt in Amasya einzukaufen.
Yildiz hatte von Großmutter viele Geschichten erfahren. Nun würden mit ihr diese Geschichten weggehen. Musa und Nirgül würden in das Haus ziehen, es umbauen, vergrößern. Sie würden das alte wahrscheinlich sogar abreißen. Nirgül wußte durch ihre Besuche in Deutschland, wie komfortabel man leben konnte. Sie wollte auch so leben. Und sie lag ihrem Mann dauernd in den Ohren, er solle von seinem Bruder deshalb mehr Geld verlangen. Aber Serdal blieb bei seinen Zusagen, ohne auch nur eine Lira mehr zu versprechen.

Die Großmutter richtete zur Abreise von Yildiz und Serdal noch einmal ein Festessen. Yildiz half ihr bei der Vorbereitung der vielen Salate, Desserts und Vorspeisen, richtete das Obst auf Schalen an und lachte über die Bezeichnung des Auberginengerichtes »hünkar begendi«, was soviel bedeutet wie: »Dem Sultan hat es wohl geschmeckt«.
Dabei erlebte sie auch das Backen des Fladenbrotes, Pide, nach althergebrachter Weise auf den gewölbten Blechen, deren andere Seite zum Braten benutzt wurde.
Ayshe Toluk seufzte oft während der Festvorbereitungen. »Das wird Nirgül alles nicht in ihrer neuen Küche haben wollen. Schade. Sie wird das alles wegwerfen. Aber alle, die in Deutschland waren, sind westlich und modern.«
Yildiz verstand das nicht als Vorwurf, sondern eher als ein Abschiednehmen. Aber sie tröstete Großmutter und versprach, daß sie das nicht vergessen würde.
Ich verspreche hier etwas, das ich vielleicht gar nicht einhalten kann, dachte sie. Für ein paar Tage oder im Urlaub machte es vielleicht Spaß, sich der alten umständlichen Methoden zu bedienen. Auf die Dauer waren ein elektrischer Herd oder die Mikrowelle schon praktischer. Aber sie sagte nichts, um die alte Frau nicht zu beunruhigen.
Zum Abschiedsfest kam auch Mehmet. Yildiz hatte sich schon gewundert, warum er sich nicht sehen ließ, dann aber nicht mehr an ihn gedacht. Er war verlegen wie immer, stand oder saß jedoch, sooft es möglich war, in ihrer Nähe. Seine Eltern nickten ihm immer wieder auffordernd zu. Mehmets Mutter setzte sich neben Ayshe Toluk. Yildiz konnte nicht verstehen, was sie sprachen, aber sie sah, daß Großmutter mehrmals ablehnend den Kopf schüttelte. Später erfuhr sie von Mehmets Mutter selbst, was sie gesprochen hatten. »Du willst das Abitur machen und dann studieren, stimmt das etwa, Yildiz?«

»Ja. Das habe ich vor.«

»Das wird aber lange dauern. Du wirst alt werden, und deine Schönheit wird verblassen. Zu alt auch, um Kinder zu bekommen.«

Yildiz lächelte und antwortete nicht unfreundlich. »Ich will einen Beruf haben, Frau Türköz.«

»Mein Sohn kann seine Frau ernähren.« Stolz blickte Mehmets Mutter auf ihren Jungen, der bei den Männern stand. »Er ist Beamter.«

Yildiz mußte wieder lächeln. »Wie schön für seine künftige Frau«, sagte sie. »Wenn ich einmal heirate, soll mein Mann damit einverstanden sein, daß ich einen Beruf ausübe. Wir haben nämlich seit Kemal Atatürks Zeiten Gleichberechtigung, Frau Türköz.«

Empört, aber ohne ein Wort zu sagen, stand Mehmets Mutter auf und ging kopfschüttelnd zu den anderen Frauen.

Garantiert hat sie ihrem Sohn von dem kurzen Gespräch etwas gesagt. Denn als Mehmet schließlich zu ihr kam, merkte sie, daß er nach einer Frage suchte.

»Ihr kommt zurück?« wollte er schließlich wissen.

»Vielleicht. Warum?«

Er sah verlegen zu Boden. Dann sagte er bestimmt: »Ich will weg von hier. Nach Deutschland.«

»Ich denke, du bist Beamter? Mindestens soviel wie die rechte Hand des Bürgermeisters von Amasya.«

Mehmet schüttelte den Kopf. »Das sieht nur meine Mutter so. Klar, ich arbeite im Bürgermeisteramt. Aber ich trage Akten herum, kopiere Schriftstücke, bringe Tee in die Büros. Das ist kein Leben für mich. Meine Mutter ist stolz, daß ich jeden Tag ins Rathaus gehe. Aber ich will nicht hierbleiben.«

Yildiz wußte, wie schwer es für ihn werden würde, seine

Eltern davon zu überzeugen. Und hatte Mehmet das richtige Bild, von dem Land, in das er wollte?
Als sie ihm zwei, drei Fragen gestellt hatte, erkannte sie an seinen Antworten, daß er nichts von der Zukunft wußte, die ihn erwarten würde. Und so erzählte sie einfach von ihrer Kleinstadt und den Leuten. Sie erzählte, wie es wirklich war.
»Es sieht alles ein bißchen anders aus, wenn man direkt damit zu tun hat. Die meisten Türken arbeiten in Deutschland in Berufen, die kein Deutscher machen will, in der Müllabfuhr, im Bergbau, als unterbezahlter Bauarbeiter. Viele arbeiten sogar schwarz, also ohne Unfallversicherung und ähnliches. Aber jetzt wird selbst da die Arbeit knapp. Mein Vater hat sich noch zur rechten Zeit den Laden zugelegt. Auch Onkel Ufuk war in der letzten Zeit arbeitslos. Aber er kommt als Facharbeiter zurück.«
»Kommt ihr deshalb zurück?« fragte Mehmet enttäuscht.
Yildiz wußte nicht, wie sie es ihm erklären sollte. Von den Verhältnissen in Deutschland hatte er nur sehr unklare Vorstellungen. »Vielleicht sind wir auch nicht mehr erwünscht, verstehst du? Die rechtsradikalen Krawaller schreien: Türken raus! Skinheads schlagen Ausländer nieder, brennen Häuser an, sind gewalttätig. Hast du davon nichts gehört, Mehmet? Steht das hier nicht in den Zeitungen?«
»Aber es sind doch nicht alle Deutschen so!« beharrte Mehmet.
»Nein. Nicht alle. Die meisten jedenfalls nicht. Ich habe viele Freunde, die denken ganz bestimmt nicht so.«
»Hast du auch einen Freund?« fragte Mehmet und wurde wieder verlegen. »Ich meine einen, den du gern hast.«
Yildiz nickte, ohne rot zu werden. »Er heißt Markus«, sagte sie. »Ich liebe ihn. Aber ich weiß nicht, wie es mit uns

weitergeht, wenn ich einmal hier leben werde.« Daß eigentlich Schluß war mit Markus, wollte sie nicht sagen. Das wollte sie in diesem Augenblick nicht einmal denken.
Mehmet schien mit seinen Gedanken weit weg zu sein. Schließlich sagte er: »Du bist sehr schön, Yildiz. Wenn ich dieser Markus wäre, ich würde bestimmt um dich kämpfen.«

27.

Serdal Toluk war enttäuscht. Er hatte erwartet, daß auch Murat ihn am Frankfurter Flughafen begrüßen würde.
»Wo treibt er sich herum?« fragte er seine Frau ungehalten.
»Er hat mir die ganze Zeit im Laden geholfen«, beschwichtigte sie ihn. »Heute ist Sonntag. Er wollte bei seinem Freund übernachten, und ich habe ihn nicht mehr erreicht. Ich wußte ja auch erst seit gestern abend, wann ihr kommt.«
Serdal fuhr selbst, ohne Fatma zu fragen. Yildiz versuchte, die Situation zu entspannen. Sie reichte der Mutter eine Kassette mit türkischer Musik nach vorn. »Schönen Gruß aus Amasya. Hör doch mal rein.«
Als die ersten Takte erklangen, lächelte der Vater wieder. Er pfiff die Musik mit und klopfte mit den Fingern den Takt auf dem Lenkrad. Yildiz war froh, wieder zu Hause zu sein, wo alles vertraut war. Die wenigen Tage, die sie mit dem Vater bei den Verwandten in Nordanatolien gewesen war, erschienen ihr nachträglich viel länger. Sie sah ihrer Mutter an, daß sie gerne gefragt hätte, sich aber nicht traute.

Sie fuhren vom Flughafen aus gleich auf die Autobahn und waren in einer knappen Stunde zu Hause. Yildiz trug das Gepäck ins Haus und ging erst mal unter die Dusche. Sie war total verschwitzt. Dann half sie ihrer Mutter bei der Zubereitung des Abendessens. »Wo ist Papa?«
»Hat sich ein bißchen hingelegt. Ihn hat die Reise zu sehr angestrengt.«
Yildiz beobachtete die Mutter von der Seite. »Hat er dir was erzählt? Ich meine wegen dem Haus?«
Statt einer Antwort fragte die Mutter: »Was war mit Musa? Hat Vater wieder klein beigegeben?« Yildiz versuchte, sie zu beruhigen, indem sie schilderte, wie sich ihr Vater gegenüber dem Bruder durchgesetzt hatte. Dann erzählte sie vom gekauften Grundstück in Amasya. »Es wird ein Doppelhaus, Mama, mit vicl Platz. Großmutter, Tante Yücel und Onkel Ufuk werden auch dort wohnen. Musa und seine Nirgül waren ganz schön sauer, daß Papa diesmal so standhaft geblieben ist.«
Fatma Toluk atmete erleichtert auf. »Das ist gut so«, sagte sie leise. Yildiz sah ihrer Mutter aber an, daß sie noch andere Sorgen hatte. »Was ist mit Murat? Wo steckt er?«
Fatma Toluk trocknete sich die Hände ab und zog die Küchentür hinter sich zu. Dann setzte sie sich zu Yildiz an den Tisch. Um ihre Augen hatte sie dunkle Schatten, und die Falten um den Mund schienen tiefer geworden zu sein.
»Du wirst es ja sowieso von Markus erfahren«, sagte sie.
»Murat hat sich zuerst mit ihm geprügelt, es muß um seinen Bruder und den Treffpunkt der Skins gegangen sein. Aber dann haben sie sich vertragen und was miteinander ausgemacht. Murat hat mir aber nichts Genaueres darüber gesagt.«
»Wenn ich mal ein paar Tage weg bin!« seufzte Yildiz aufgebracht. »Wo ist Murat?«

»Nicht so laut, Yili«, flüsterte Fatma Toluk. »Davon darf Vater nichts mitbekommen.«
Yildiz wollte sich nicht beruhigen. Vor allem aber mußte sie erfahren, was mit Mark und Murat passiert war und was die beiden vorhatten.
Es klingelte. Yildiz hoffte, es würde Murat sein. Bevor sie aber öffnen konnte, war ihr Vater an der Haustür. »Mein Sohn ist nicht zu Hause«, hörte Yildiz ihn sagen. »Was wollen Sie von ihm?«
Fatma Toluk stand neben Yildiz in der Küchentür. Fatma zitterte. »Ich habe geahnt, daß was kommt . . .«
Serdal Toluk kehrte mit einem Polizisten und einem Zivilisten zurück. Der Zivilist wies einen Haftbefehl gegen Murat vor. »Was ist los? Was soll Murat getan haben? Das ist doch ein Irrtum!«
»Ihr Sohn war an einer Schlägerei beteiligt. Wo ist er?«
Yildiz sah, wie Vater sich an die linke Brustseite griff. »Ich bin vor einer Stunde erst zurückgekommen. Aus der Türkei.«
Fatma Toluk hatte sich inzwischen etwas gefangen. »Murat ist nicht zu Hause«, sagte sie zu den Polizisten. »Er ist bei Freunden. Von einer Schlägerei weiß ich nichts.«
»Wo wohnen die Freunde?«
Fatma Toluk nannte ein paar Adressen. Sie wußte wirklich nicht, wo Murat im Augenblick war. Serdal stand mit finsterem Blick daneben. Als die Polizisten gingen, sagte der eine: »Beten Sie zu Allah, oder wie Ihr Gott heißt, daß der Verletzte überlebt. Ihr Sohn hat eine ganz schön harte Faust.«
Fatma Toluk rief bei Murats Freunden an, sobald die Polizisten das Haus verlassen hatten. Aber überall ging niemand ans Telefon. »Wir müssen hinfahren, wir müssen ihn warnen!« drängte Yildiz.

Serdal schüttelte energisch den Kopf. Sein Gesicht war plötzlich ganz grau.
»Nein, niemand wird hinfahren. Wenn er unschuldig ist, wird ihm nichts passieren. Wenn es aber stimmt, wird er seine gerechte Strafe erhalten. Es ist alles in Allahs Händen.«
Yildiz wagte nicht, dem Vater zu widersprechen. Fatma ging ins Büro und kam mit einer Zeitung zurück. Ihre Hände zitterten, als sie Serdal die Zeitung gab. »Ich hätte nie gedacht, daß Murat dabeigewesen sein könnte«, sagte sie unter Tränen. Auf der Lokalseite wurde von einer Schlägerei zwischen Skins und einer türkischen Gang berichtet. Es hatte mehrere Leicht- und einen Schwerverletzten gegeben. Hoffentlich ist mit Murat nichts passiert, hoffentlich ist er nicht verletzt.
Serdal hatte die Zeilen wieder und wieder gelesen. Dann stand er schweigend auf und fuhr zur Polizei. Er wollte genau wissen, was geschehen war. Aber er wurde wieder nach Hause geschickt, ohne daß er etwas in Erfahrung bringen konnte. Man konnte ihm nicht einmal sagen, ob Murat inzwischen verhaftet worden war.
Am späten Nachmittag klingelte das Telefon. Serdal nahm den Hörer ab, aber sagte kein Wort. Er hörte zu, nickte einige Male und legte schließlich auf. Sein Gesicht war wieder grau wie Asche. Fatma und Yildiz trauten sich nicht, nach dem Anruf zu fragen. Nach minutenlangem Schweigen sagte er schließlich: »Murat ist im Untersuchungsgefängnis. Und der Junge, den er niedergeschlagen haben soll, ist der Schwerverletzte. Er liegt im Koma.«
Fatma schlug die Hände vors Gesicht. Yildiz wollte wissen, wer angerufen und was der Anrufer noch gesagt hatte. Aber Serdal antwortete nicht. Er war in seinem Sessel zusammengesunken und blickte starr vor sich hin.

Yildiz konnte es nicht mehr ertragen, wie ihr Vater den ganzen Abend stumm dasaß und vor sich hin brütete. Markus, fiel ihr plötzlich ein, der muß doch etwas wissen! Sie rief Markus an. Er gab zu, daß es zwischen ihm und Murat eine harte Auseinandersetzung gegeben hatte. Aber an der Schlägerei war er nicht beteiligt gewesen.
»Was hast du Murat gesagt?«
»Was er wissen wollte, also wo das Versteck der Skins ist, in welcher Kneipe sie sich treffen und so weiter. Ich hätte auch mitgemacht, wenn ich geahnt hätte, was Murat und seine Truppe genau vorhaben. Das kannst du mir glauben.«
»Mir reicht das, was schon passiert ist!« schrie Yildiz ins Telefon und warf den Hörer hin. Jetzt bin ich auch noch schuld daran, daß Murat sich sein Leben verpfuscht, dachte sie und heulte verzweifelt. Sie werden Murat verurteilen und ihn dann in die Türkei abschieben. Er hat keine Chance, selbst gegen die Skins nicht. Wir sind Türken. Wäre ich nur nicht so feige gewesen und hätte nicht so lange geschwiegen!
Es war weit nach Mitternacht. Yildiz grübelte, wie sie Murat helfen könnte. Ich bin schuld, Murat hatte nur das getan, was er glaubte, tun zu müssen. Ein Türke läßt die Ehre seiner Schwester nicht besudeln.
Sie beschloß: Ich werde hingehen und sagen, warum Murat sich mit den Skins geschlagen hat. Markus wird bestätigen, daß es so war. Das wirft ein ganz anderes Licht auf die Tat. Sie konnte mit dem schwerverletzten Skin kein Mitleid empfinden. Sie dachte: Hatten die mit mir Mitleid? Die haben mich behandelt wie ein Stück Vieh, mich gefoltert und geschlagen. Es war ihnen gleichgültig, was aus mir wird, als sie mich bewußtlos im Wald liegenließen. Und ihre hundsgemeinen Worte: Türkenhure! Raus mit dem

Ausländerpack aus Deutschland! Wir werden ihnen zeigen, was deutsche Männer mit solchen machen ...
Nie in ihrem Leben würde sie diese Stimmen, diese Worte vergessen. Und nie würden die Wunden heilen, die ihrer Seele zugefügt worden waren. Die Narben würden bleiben. Aber die waren nicht zu sehen. Die konnte sie nicht als Beweismittel auf den Tisch legen.

28.

Yildiz ging zur Polizei, ohne ihre Eltern davon zu unterrichten. Ein älterer Polizeibeamter hörte sich gar nicht erst an, was sie aussagen wollte. »Sie wollen Ihrem Bruder helfen. Kann ich verstehen. Ich hab' auch nichts für die Skins übrig, können Sie mir glauben. Aber es bringt doch nichts, wenn Sie jetzt eine Geschichte erfinden.«
»Ich erfinde nichts. Warum hören Sie mich gar nicht erst an?«
»Wollen Sie Anzeige erstatten? Dann sind Sie hier richtig. Für die Entlastung Ihres Bruders ist sein Rechtsanwalt zuständig. Gehen Sie zu dem.«
Sie wollen gar nichts hören, dachte Yildiz. Der Mann weiß nicht, welche Überwindung es mich gekostet hat, überhaupt zur Polizei zu gehen. Und der schickt mich einfach fort, hört mich gar nicht erst an. Die glauben mir nicht.
Bevor sie der Mut verließ, suchte sie die Anwaltskanzlei auf. Sie mußte lange warten, da sie nicht angemeldet war. Der Anwalt war ein Mann in mittleren Jahren. Er trug einen gepflegten Vollbart und eine moderne Brille. Als er Yildiz

die Hand reichte, spürte sie einen festen Druck. Er war ihr sympathisch. Sie stellte sich als die Schwester von Murat Toluk vor.
Rechtsanwalt Schindler bot ihr einen Stuhl an und entschuldigte sich dafür, daß er nicht gleich Zeit gehabt hatte. »Was kann ich für Sie tun, Fräulein Toluk?«
Yildiz berichtete ihm von ihrem Mißerfolg bei der Polizei. »Es geht nicht darum, meinen Bruder zu entlasten«, erklärte sie. »Ich möchte erklären, warum mein Bruder sich mit diesen Leuten geschlagen hat. Aber das kann ich nicht erzählen, wenn Sie keine Zeit haben und dauernd auf die Uhr schauen.« Sie hatte bemerkt, wie der Rechtsanwalt ein paarmal auf seine Armbanduhr geblickt hatte. Dr. Schindler ahnte, wie viele Hemmungen Yildiz hatte, in dieser Kanzlei und unter Zeitdruck mit ihm zu reden. Sie tat ihm leid. »Ich habe einen Termin«, sagte er. »Aber wir können uns für später verabreden? Es muß nicht in der Kanzlei sein. Um vier? Geht das? Im Café Wolter, das ist in der Severinstraße?«
»Ja. Ich danke Ihnen.«

Rechtsanwalt Schindler kam pünktlich in das kleine Café in der Innenstadt. Yildiz war nervös und wußte nicht, wie sie beginnen sollte. Sie stockte und stotterte immer wieder und sah zu Boden. Sie verkrampfte sich völlig, als sie dem Anwalt alles schilderte. Warum sie geschwiegen hatte und niemandem etwas von dem Überfall, den Demütigungen und der Folter erzählt hatte.
»Jetzt weiß ich, daß es falsch war, sie nicht anzuzeigen. Aber ich weiß nicht, ob mein Bruder damals anders gehandelt hätte als jetzt.«
Der Anwalt hörte zu, ohne sie zu unterbrechen. »Es war bestimmt nicht richtig, keine Anzeige zu erstatten«, sagte

er. »Und jetzt kommt noch etwas erschwerend hinzu, das ich vorhin nicht wußte, als Sie bei mir waren. Eckart Gerlach, den Ihr Bruder so schwer verletzt hatte, ist an seinen Verletzungen gestorben, ohne die Besinnung wiederzuerlangen.«

Yildiz begriff im ersten Moment gar nicht, welche Konsequenzen das für Murat haben könnte. Der Löffel, mit dem sie in der Kaffeetasse herumgerührt hatte, klirrte auf den Teller. »Tot? Und Murat hat es getan?« fragte sie tonlos.

Auch Dr. Schindler sprach leise. »Erschwerend kommt hinzu, daß Ihr Bruder gleich nach Betreten des Lokals das Messer in der Hand hatte. Das bedeutet Vorsatz bei der Tat. Der Wirt und einige Zeugen haben das bestätigt. Die Anklage wird auf vorsätzliche Körperverletzung und jetzt vielleicht auf Totschlag lauten.«

Yildiz schloß entsetzt die Augen. Ich bin daran schuld, dachte sie immer wieder. Warum habe ich sie damals nicht angezeigt. Meine Feigheit bringt Murat nun auch noch ins Gefängnis. »Glauben Sie mir wenigstens, was ich Ihnen gesagt habe?« fragte Yildiz.

»Ich glaube Ihnen.« Dr. Schindler machte sich ein paar Notizen, klappte dann aber sein Notizbuch zu. »Ich kann auch Ihre Gründe verstehen, warum Sie die Täter damals nicht angezeigt haben. Sie wollen jetzt vor Gericht aussagen?«

Yildiz nickte.

»Sie haben Mut, Fräulein Toluk. Wir müssen versuchen, dafür Beweise zu bringen. Ihre Mutter könnte als Zeugin gehört werden. Und Ihr Freund Markus? Würde der aussagen?«

»Er wird aussagen. Da bin ich sicher.«

»Aber Sie können nicht beweisen, daß es Skins aus genau dieser Gruppe waren? Und ob Gerlach dabei war, wissen Sie auch nicht?«

»Sie trugen doch alle Strumpfmasken«, schluchzte Yildiz. »Einer oder zwei waren am Handgelenk tätowiert.«
»Solche Tätowierungen haben viele von ihnen. Denken Sie nach, Yildiz. Wir brauchen Entlastendes für Ihren Bruder.«
Yildiz zitterte und versuchte, nicht zu weinen. »Wird es Murat helfen, wenn ich vor Gericht alles erzähle?«
Dr. Schindler legte ihr beruhigend die Hand auf den Arm. »Wir müssen jede Möglichkeit nutzen. Auch wenn sie noch so klein ist. Vielleicht fällt Ihnen noch etwas ein. Bitte denken Sie nach.«
Mutlos verließ Yildiz das Café. Er ist tot, dachte sie. Murat hat ihn umgebracht. Meinetwegen.

29.

Markus konnte Yildiz nur mit Mühe dazu überreden, an der Beerdigung von Eckart Gerlach teilzunehmen. »Das bringt doch nichts«, wehrte sie sich. »Es ist doch absurd. Mein Bruder ist schuld, daß dieser Gerlach gestorben ist.«
»Die Skins haben Murat provoziert«, widersprach Markus. »Deshalb hat er auch gleich das Messer gezogen. Das haben seine Freunde ausgesagt. Vielleicht kriegen wir auch etwas raus, was für Murat entlastend sein könnte.«
»Was denn?« Yildiz hatte Markus mit in ihr Zimmer genommen. Sie hatte ihrer Mutter gesagt, daß sie mit Markus das nacharbeiten wollte, was sie durch den Türkeibesuch in der Schule versäumt hatte. Aber daraus wurde nichts, weil sie wieder darüber redeten, wie Murat zu helfen sei.
»Die Skins kommen bestimmt zum Begräbnis«, sagte Mar-

kus. »Für die ist der Gerlach doch ein Märtyrer. Wenigstens werden sie versuchen, ihn dazu zu machen. Denkst du, die lassen sich so was entgehen? Noch dazu, weil ihn ein Ausländer . . .« Markus sprach nicht weiter. Aber Yildiz verstand ihn auch so.

Yildiz merkte, wie sehr Markus das alles an die Nieren ging. »Du willst vermutlich auch wegen Ben hin. Der war bei der Schlägerei nicht dabei. Denkst du, er zeigt sich offen mit den Skins?«

Markus schüttelte den Kopf. Aber Yildiz sah, wie er schluckte. In seinen Augen war plötzlich etwas, was ihr angst machte. Sie dachte: Markus haßt seinen Bruder. Ben hat alle Liebe zwischen ihnen zerstört.

»Wenn von den Glatzen welche da sind, schau sie dir genau an, Yili. Vielleicht erkennst du doch einen wieder. An irgendwas. Vielleicht an einem Abzeichen oder der Kleidung. Sie ahnen ja nicht, daß du dort sein könntest und sie beobachtest. Das ist vielleicht eine Chance«, sagte Markus, ohne Ben zu erwähnen.

»Vielleicht hast du recht, vielleicht ist es aber auch falsch.« Sie hatte Angst, von Journalisten erkannt zu werden, die seit Murats Verhaftung die Familie bedrängten. Selbst vor der Schule hatten sie Yildiz aufgelauert und sie fotografiert. Markus hatte es nicht verhindern können. Am nächsten Tag war ein Artikel mit ihrem Foto in der Zeitung gewesen. Besonders eine Zeitung ließ sich die Sensation nicht entgehen und druckte fett die Schlagzeile: TÜRKE BRINGT SKIN UM! AUSLÄNDERGANG PRÜGELT SICH IN KNEIPE!

Den Laden hatten sie vorübergehend geschlossen. Serdal Toluk saß apathisch im Wohnzimmer und grübelte vor sich hin. Er konnte sich nicht aufraffen. »Diese Schande«, sagte er nur immer kopfschüttelnd.

Fatma Toluk wagte kaum noch, den Telefonhörer abzunehmen. Sie schlich wie ein Schatten durchs Haus und wurde von Tag zu Tag verzweifelter. Yildiz litt sehr darunter, daß sie ihren Eltern nicht helfen konnte. Abwechselnd machte sie sich Vorwürfe, daß sie keine Anzeige gegen die Skinheads erstattet hatte oder daß sie am Unglück ihrer Familie schuld war.

»Ich komme mit«, sagte sie schließlich zu Markus.

Am Begräbnistag ging sie mit Markus in der große Pause von der Schule weg. Sie hatten sich von Frau Merkel freigeben lassen. Yildiz wollte nicht erkannt werden. Sie setzte eine Sonnenbrille auf und schlug den Jackenkragen hoch, um das Gesicht darin zu verstecken. Sie stellte sich mit Markus hinter einen Grabstein, von wo aus sie alles gut beobachten konnten. Markus hielt ihre Hand. Er wußte, wie groß ihre Angst war, falls die Skins tatsächlich auftauchten.

Yildiz hatte das Gefühl, als bewegten sich die wenigen Trauergäste mit dem Sarg im Zeitlupentempo auf das offene Grab zu. Ein paar Journalisten mit ihren Kameras beeilten sich, vor ihnen da zu sein. Yildiz wäre am liebsten weggelaufen, aber Markus hielt sie fest. »Sie kommen bestimmt. Sonst wäre die Presse nicht schon da.«

Yildiz erschauerte, obwohl es nicht kalt war. Alles schien so unwirklich. Der blaue Himmel über dem Friedhof, das Vogelgezwitscher, die vielen Blumen. Und der Sarg, in dem ein Junge lag, nicht viel älter als sie selbst. Yildiz hörte den Pfarrer mit erhobener Stimme salbungsvoll reden: »Der Schmerz seiner Eltern kann diesen jungen Menschen nicht wieder zum Leben erwecken. Aber sie sollen getröstet sein durch die Gewißheit, daß ihr Sohn heimgekehrt ist zu Gott . . .«

Die Kameras klickten hektisch und richteten sich auf den

Hauptweg. Der Pfarrer wiederholte irritiert den letzten Satz, dann blickte er sich um. Yildiz krampfte ihre Finger um Marks Hand.
Die Skinheads kamen im Gleichschritt. Ihre Gesichter waren unbewegt und die elf Augenpaare starr geradeaus gerichtet. Die zwei in der ersten Reihe trugen einen Kranz mit einer viel zu großen Schleife. Da stand mit goldenen Buchstaben: »Unserem unvergessenen Kameraden Ecki – Dein Tod für unsere gerechte Sache!«
Der Pfarrer war vollends verstummt. Hilfesuchend blickte er auf die Trauergäste, die vor den Skins zurückwichen und ihnen dadurch Platz boten, bis zum Grab vorzudringen. Es waren nur noch die Schritte mit den Schnürstiefeln auf dem Kies und das Klicken der Kameras zu hören.
Die Skins legten den Kranz nieder und stellten sich breitbeinig neben das Grab. Yildiz war wie erstarrt. Sie folgte dem Blick von Markus und sah Ben in einigem Abstand von den Skins auf dem Weg. »Geh nicht hin!« flüsterte sie.
Plötzlich war ein Tumult vor dem Grab. Eine Frau schrie: »Weg! Weg hier!« Und drei Männer drängten die Skins vom Grab. Die leisteten keinen Widerstand, sondern gingen diszipliniert und mit eisigen Gesichtern davon. Yildiz suchte nach Ben. Aber der war nicht mehr da.
Es war wie ein Spuk. »Hast du einen erkannt, Yili?« fragte Markus, ohne sie anzuschauen. Er suchte nach Ben.
»Nein. Nur die drei Steinewerfer und deinen Bruder.«
Sie sah eine Frau weinend am Grab stehen. Das mußte die Mutter von Eckart Gerlach sein. Ihr Mann diskutierte empört mit dem Pfarrer über die unverschämte Störung durch die Skins. Die Presseleute hatten den Friedhof bereits verlassen.
»Geh voraus, Mark. Ich komme nach!« sagte Yildiz. Sie nahm ihre Sonnenbrille ab und ging zu der Frau am Grab.

»Ich bin Yildiz«, sagte sie leise. »Die Schwester von Murat Toluk.«

Bevor sie weitersprechen konnte, zerrte Eckarts Vater sie weg. »Verschwinde. Aber bissl plötzlich!« Er stellte sich schützend vor seine Frau. Frau Gerlach schüttelte den Kopf. »Schon gut, Alfred. Die tut mir nichts.« Unverkennbar war bei Eckarts Eltern der Dialekt. Sie mußten aus Sachsen oder Thüringen stammen. Frau Gerlach wandte sich Yildiz zu. In ihren Augen waren keine Tränen mehr. »Was wollen Sie?« fragte sie mißtrauisch und abweisend. »Mir Ihr Beileid ausdrücken?«

Yildiz wußte nicht, was sie sagen sollte. Dann stammelte sie hastig herunter, was die Skins mit ihr gemacht hatten. »Ich dachte, ich könnte einen von ihnen hier erkennen. Wenigstens einen . . .«

Herr Gerlach unterbrach sie wütend: »Das soll unser Eckart gemacht haben? Willst du meinen Sohn noch im Grab beschimpfen?«

Frau Gerlach sagte: »Laß mal, Alfred. Laß sie ausreden. Es ist eh alles zu spät.« Plötzlich fiel ihr Blick auf den Kranz der Skins, und sie riß die Schleife ab und zerknüllte sie. »Alfred, wirf das bitte auf den Müll. Und den Kranz von denen gleich mit.« Dann wandte sie sich zum Gehen. Yildiz blieb neben ihr. »War unser Eckart bei denen, die das mit Ihnen gemacht haben?« Sie schneuzte sich die Nase und wischte mit dem Taschentuch über die Augen. »Ich kann das nicht glauben.«

»Ich weiß es nicht«, sagte Yildiz. »Sie waren maskiert.«

»Ecki war ein guter Junge«, sagte Frau Gerlach, wie um es sich selbst zu bestätigen. »Wir sind nach der Wende hierhergezogen. Der Betrieb von meinem Mann hat zugemacht, wissen Sie. Da sind wir rüber, weil mein Mann hier Arbeit gekriegt hat. Und unser Ecki kriegte auch gleich eine

Lehrstelle. Aber er ist mit den Verhältnissen hier nicht zurechtgekommen. Die haben ihn immer gehänselt, wegen der Sprache und eben als Ossi. Da hat er alles hingeschmissen und nur noch rumgegammelt. Dann hatte er plötzlich Freunde, Kumpane. Wollte so sein wie die, hat sich den Kopf kahlrasiert, solche Klamotten angezogen. Wir haben geschimpft. Mein Mann hat ihm sogar mal eine runtergehauen. Da hat er dann nichts mehr von denen erzählt und ist immer öfter weggeblieben. In letzter Zeit war er kaum noch zu Hause . . .« Frau Gerlach sprach stockend und leise. Yildiz hörte zu, ohne sie zu unterbrechen. Aber plötzlich kam ihr ein furchtbarer Gedanke. Was wäre, wenn es genau anders passiert wäre. Wenn dieser Ecki Murat erschlagen hätte. Wenn seine Freunde gekommen wären mit einem Kranz. Wenn jemand Fatma angesprochen hätte oder sie, Yildiz. Guten Tag, ich bin die Schwester des Mörders. Yildiz fror.

30.

*H*ast du wirklich keinen erkannt?« Markus wartete am Ausgang des Friedhofs. »Irgendein Merkmal wird dir doch noch im Gedächtnis geblieben sein?« fragte er eindringlich. Yildiz antwortete aggressiv: »Klar. Alle hatten Glatzen! Oder hätte ich sie damals einzeln bitten sollen? He, zeigt mal euren Leberfleck am Hintern her, damit ich euch später wiedererkenne!«

Markus sah, wie Yildiz von der Aufregung rote Flecken am Hals und im Gesicht hatte. Sie tat ihm leid. »Ist ja gut, Yili.

Beruhige dich wieder. Aber den Versuch war's doch wert, oder?«

Markus schlug den Weg zum Fluß ein, wo sie oft langgegangen waren, wenn sie allein sein wollten. Auch Yildiz mochte noch nicht nach Hause. Der nahe Frühling hatte auf die Sträucher schon einen Hauch Grün gelegt. Am Flußufer sah man noch die Spuren des Hochwassers, Gerümpel, Äste und Grasballen. Der Fluß war längst wieder in sein altes Bett zurückgekehrt. Braun und träge floß er unter der steinernen alten Brücke hindurch.

»Magst du Apfelblüten?« fragte Yildiz plötzlich. Markus war in seinen Gedanken noch immer auf dem Friedhof. Er begriff nicht, was Yildiz mit dieser Frage bezweckte. »Warum?«

»Nächstes Jahr im Frühjahr werde ich wahrscheinlich schon die Apfelbäume in Amasya blühen sehen. Unser Haus soll auf einem Hang gebaut werden. Dort gibt's viele Apfelbäume. Und den Fluß, der unten im Tal fließt, nennt man den Grünen Fluß. Ich weiß nicht, warum er so heißt. Wirst du dann an mich denken?«

Markus legte den Arm um sie. »Vielleicht kannst du doch hierbleiben, Yili. Deine Eltern werden warten, bis Murats Prozeß vorbei ist. So schnell geht das nicht.«

Sie erzählte ihm von ihren Besuchen bei der Polizei und bei Murats Verteidiger. »Ich will nicht mehr schweigen, Mark. Dadurch ist schon zuviel passiert. Ich werde auch vor Gericht aussagen.«

»Und dein Vater? Was sagt er dazu? Ihr habt doch so harte Vorstellungen von Ehre und Familie. Erst die Sache mit Murat und dann noch deine Geschichte«, sagte Markus vorsichtig.

»Ich weiß nicht, wie er das durchsteht.«

Yildiz lief noch lange mit Markus am Fluß entlang. Sie

redeten und redeten. Auch über seine Probleme. Sie spürte, daß er nur schwer darüber hinwegkam, wie sehr sich Ben verändert hatte. »Früher war ich echt stolz auf ihn. Mein großer Bruder war immer so was wie mein Vater. Der hat mich immer gewinnen lassen, wenn wir beim Spielen miteinander gekämpft haben. Und wenn ich was ausgefressen hatte, hat er das oft auf sich genommen . . .«
Yildiz ließ ihn reden, weil sie wußte, daß auch er jemanden brauchte, der ihm zuhörte. Und sie dachte schmerzlich: Er hat gar nicht richtig begriffen, daß ich in ein paar Monaten vielleicht schon nicht mehr hier bin.

31.

*E*s blieb Yildiz erspart, ihrem Vater selbst zu sagen, warum Murat ausgerastet war. Fatma Toluk hatte endlich den Mut dazu gefunden, mit ihrem Mann darüber zu reden. Yildiz erfuhr keine Einzelheiten. Aber der Vater ging allen aus dem Weg. Selbst Fatma schwieg. Bestimmt war es sehr schlimm, dachte Yildiz.
Erst zwei Tage später setzte sich Serdal Toluk wieder zu ihnen an den Tisch. Kein Vorwurf. Keine Frage. Aber Yildiz sah, wie alt und eingefallen sein Gesicht war.
»Du mußt nicht vor den Richtern aussagen, Yildiz. Es ist deine Entscheidung. Ich werde dich nicht dazu zwingen. Aber vielleicht würde es Murat entlasten . . .«
Yildiz sah ihren Vater ungläubig an. Das klang ja fast wie eine Bitte. Sie spürte, wie sehr das alles an seinen Nerven zerrte. »Ich werde aussagen.«

Rechtsanwalt Schindler hatte für sie einen Termin bei der Polizei vereinbart. Yildiz war froh, daß es eine Kriminalbeamtin war, die sie befragte. Wenigstens eine Frau, dachte sie.
»Sie hätten wirklich nicht schweigen dürfen«, sagte Christine Neubert. »Dadurch wird es den Tätern immer leichtgemacht. Sie fühlen sich sicher, wenn ihre Verbrechen nicht angezeigt und verfolgt werden.«
Yildiz spürte, daß die Frau ihr glaubte. Sie nannte noch einmal die Gründe ihres Schweigens. ». . . die könnten alle sagen, daß sie nicht dabei waren«, schloß sie.
»Und sie können es wieder tun. Wieder unerkannt. Aber Ihr Bruder wußte doch auch nicht, ob es die Täter waren. Er ist, so haben es mehrere Zeugen bestätigt, mit dem Messer in das Lokal gerannt und hat, als die Skinheads ihm das Messer aus der Hand schlugen, die volle Flasche von der Theke genommen und auf Gerlach eingeschlagen. Wieso gerade auf den?«
»Ich war nicht dabei«, sagte Yildiz leise. »Ich habe auch nicht mit Murat darüber sprechen können. Er ist mein Bruder. Bei uns steht einer für den anderen ein in der Familie . . .«
Die Kriminalbeamtin nickte nur. »Ich weiß. Die sogenannte Familienehre. Leider sind uns daraus resultierende Auseinandersetzungen nicht unbekannt. Aber jetzt haben Sie sich dazu entschlossen, Anzeige zu erstatten?«
»Was kommt dabei raus, Frau Neubert?«
»Ihrem Bruder wird das nicht viel helfen, zumindest nicht direkt«, antwortete die Kriminalbeamtin. »Aber ich denke, es ist für Sie wichtig. Sie müssen das Gefühl loswerden, wehrlos ausgeliefert zu sein. Wir werden das gesamte Umfeld sondieren, also die sogenannte Szene. Bitte schreiben Sie uns nochmals alle Details auf, die Ihnen zu den Tätern einfallen.«

»Ich habe Angst. Und wenn sie sich an mir, an uns rächen?«
Christine Neubert schaltete das Tonbandgerät ab, mit dem sie das Gespräch aufgezeichnet hatte. Sie war noch jung, Mitte Zwanzig vielleicht. Und sie fühlte genau, was in Yildiz vorging. »Angst ist immer auch ein Nährboden für Gewalt, genauso wie Schweigen. Da gibt es immer zwei Seiten. Die einen tun etwas, und die anderen lassen es mit sich geschehen. Ich glaube, daß das gerade in den letzten Jahren viele Menschen ein wenig begriffen haben und das auch zeigen. Sie bilden Lichterketten, legen Blumen dorthin, wo Menschen verletzt oder getötet wurden, demonstrieren gemeinsam mit Ausländern. Sie erheben sich also aus ihrer Angst, aus ihrem Schweigen gegen diejenigen, die AUSLÄNDER RAUS brüllen. Dabei muß man aber differenzieren. Zwischen solchen, die Scharfmacher sind, und solchen, die mitlaufen.«
Yildiz dachte an Ben. Ja, der gehörte zu denen, die andere aufhetzen. »Theoretisch klingt das gut, Frau Neubert. Aber Glatzkopf ist Glatzkopf. Wenn einer auf mich zukommt, wie soll ich da wissen, ob er an mir vorbeiläuft oder zuschlägt?«
»Wir haben einen Rechtsstaat, Yildiz. Wir können nicht jeden Skin in Vorbeugehaft nehmen. Außerdem gibt es ›den Skin‹ nicht. Es gibt rechte und linke, militante und solche, die Gewalt ablehnen. Und einfach zu sagen: Glatze gleich rechtsradikal, das ist auch schon wieder ein Vorurteil.«
Yildiz sagte: »Der Eckart Gerlach war vielleicht nicht bei denen, die über mich hergefallen sind. Aber er hätte bestimmt mitgemacht.«
Christine Neubert sah Yildiz nachdenklich an. »Das hat dein Bruder sicher auch gedacht. Aber was ist, wenn sich herausstellt, daß er einen völlig Unschuldigen niederge-

schlagen hat. Einen, der sich aus Jux vielleicht oder wegen einer Wette den Kopf kahlgeschoren hat und nur zufällig in der Gaststätte war?«
Je länger Yildiz mit der Kriminalbeamtin sprach, desto nachdenklicher wurde sie. Trotzdem konnte und wollte sie nicht alles verstehen. Denn Reden und Verständnis haben war das eine, was aber mit ihr geschehen war, das andere.

32.

Yildiz hatte in der Klasse angedeutet, daß sie wahrscheinlich die Schule verlassen würde, die Stadt und das Land. Ulrike und Anne hatten den Umzug in ihren ersten Reaktionen als großes Abenteuer gesehen. Dann aber begriffen sie Yildiz und versuchten sie zu trösten. Auch ihre Lehrerin, Frau Merkel, bemühte sich um sie. »Du wirst uns fehlen, Yildiz. Vielleicht besuche ich dich bald. Ich war noch nie in Anatolien. Und du besuchst uns in den Ferien. Du kannst bei mir wohnen, bei Ulrike und den anderen sicher auch.«
Yildiz dachte: Ein paar Wochen Ferien hier und dann das ganze Jahr Sehnsucht. Vielleicht aber werde ich froh sein, wenn ich nicht mehr in Gesichter schauen muß, die Mitleid mit mir haben. Auch Mitleid kann weh tun. Oder Unwissenheit. Aber soll ich ihnen das übelnehmen? Die meisten wußten ja nicht einmal, daß es auch in der Türkei Universitäten gab, die genauso gut waren wie beispielsweise die in München oder Frankfurt.
Ihr Vater hatte zwar den Laden wieder geöffnet, aber

abends saß er schweigend im Wohnzimmer und starrte vor sich hin. Stundenlang. Jeden Abend das gleiche Bild. Zum Freitagsgebet ging er nicht mehr. Es kamen auch nur noch ganz selten Gäste zu ihnen. Vater wollte es nicht. Auch Fatma Toluk wurde immer stiller und schmaler. Aber ihre Kraft war ungebrochen. Fatma kämpfte. Durch den Verteidiger Murats erwirkte sie eine Sprecherlaubnis. »Murat sagt, er wollte den Jungen nicht töten. Ich glaube meinem Sohn. Aber Dr. Schindler meint, es würde eine Anklage wegen Körperverletzung mit tödlichem Ausgang, keine Verurteilung auf Bewährung.«

Yildiz konnte diesen feinen Unterschied nicht verstehen. Mit tödlichem Ausgang! Wäre ich damals im Wald gestorben, was wäre das für ein Paragraph im Strafgesetzbuch? Hätten sie die Täter so leicht festnehmen können wie Murat?

Vieles hatte sich verändert, auch Markus. Er kümmerte sich sehr um sie, vermied jede Art von Streit. Und wenn sie mal etwas Falsches sagte oder aufbrauste, reagierte er mit Nachsicht.

Er nahm sie jetzt oft in den Arm, streichelte oder küßte sie. Er will mich trösten, dachte Yildiz, mir das Gefühl geben, daß er mich versteht. Aber er kann mich gar nicht verstehen. Wenn er sagt, daß wir uns nicht trennen müssen, was auch kommt, selbst wenn ich wegziehe, dann meint er es sicher auch so. Aber was ist, wenn ich wirklich fort bin? Er wird sich vielleicht manchmal an mich erinnern, wenn im Frühjahr die Apfelbäume blühen oder wenn er den Abendstern sieht, von dem ich ihm erzählt habe.

Das Warten auf den Prozeß war kaum noch auszuhalten. Yildiz spürte, daß auch ihre Eltern nur noch warteten. Diese quälende Monotonie des Wartens wurde nur unterbrochen durch Neuigkeiten, die sie vom Anwalt erfuhren. Alles andere war gleichgültig, das Geschäft, die Schule, alles. Und in das Warten schlichen sich die seltsamsten Überlegungen.

Wenn ich damals gestorben wäre, dachte Yildiz, hätten sie um mich getrauert. Ich hätte bestimmt ein schönes Begräbnis bekommen. Und sicher hätten sie mich nach Amasya gebracht, damit ich ihnen nahe bin in ihrem Haus und den Apfelbäumen. Großmutter würde sich dann zu mir ans Grab setzen und mir von ihrem Leben erzählen. Mama würde sicher wieder ein Kopftuch tragen, obwohl sie Serdal die Buchführung besorgte. Mehmet wäre nicht nach Deutschland gegangen, sondern hätte es im Rathaus endlich zu was gebracht. Und Murat würde bald heiraten. Er hatte sich seine Braut selbst ausgesucht. Ein schönes Mädchen. Sie würden vielleicht nach Deutschland gehen. Für ein paar Jahre zumindest, damit Murat das Geld für eine eigene Werkstatt ersparen könnte . . .

Aber immer wieder holte sie die Wirklichkeit ein. Nein, Murat wird nie wieder nach Deutschland gehen, dachte Yildiz. Sie werden ihm den Prozeß machen und ihn dann in die Türkei abschieben. Ohne Aussicht auf Rückkehr.

Das Klingeln des Telefons schreckte Yildiz hoch. Hatte sie geschlafen? Ich spinne schon, dachte sie.

Ihre Mutter kam die Treppe herauf. »Frau Neubert von der Polizei hat angerufen. Sie haben einen festgenommen. Du sollst morgen hinkommen.«

Yildiz spürte, wie ihr Herz schneller schlug. »Ob sie wirklich eine Spur haben?«

»Wenn es aber einer ist, den sie wieder freilassen müssen? Wenn er dich sieht, sich dein Gesicht merkt? Yildiz, ich habe Angst. Wir werden nie wieder ruhig leben!«

Yildiz hatte dieselbe Angst, aber sie vesuchte ihre Mutter zu beruhigen.

»Mama, wenn ich sicher bin, daß es einer von denen ist, die mich in den Wald geschleppt haben, dann sage ich es auch. Das ist die einzige Chance. Auch für Murat.«
Gleich nach der Schule ging sie zur Polizei. Viel Hoffnung hatte sie nicht, daß dabei wirklich etwas Konkretes herauskommen würde. Frau Neubert erklärte ihr die Gegenüberstellung. Yildiz sollte durch ein Fenster schauen, würde aber von den sechs jungen Männern nicht gesehen werden. Alle trugen die von ihr beschriebenen Masken, schwarze Lederjacken, Militärhosen und Schnürstiefel. Einer glich dem anderen. Sie bat darum, daß die Maskierten die Hände zeigen sollten. Der zweite von links hatte die ihr bekannte Tätowierung auf dem Handgelenk. Yildiz zitterte am ganzen Leib. War er es?
»Es ist ein wichtiger Hinweis«, beruhigte Christine Neubert die weinende Yildiz. »Unsere Spurensicherung hat in dem von Ihnen beschriebenen Waldstück trotz der langen Zeit, die inzwischen vergangen ist, einiges gefunden. Wir möchten mit Ihnen noch einmal hinfahren. Vielleicht können Sie den Tatort wiedererkennen. Wir wissen, daß das nicht einfach für Sie ist. Schaffen Sie das?« Yildiz nickte. Dann reichte Christine Neubert ihr eine Plastiktüte mit einer Haarspange. »Gehörte die Ihnen?«
»Ja. Das ist meine«, sagte Yildiz. »Mein Freund hat sie mir zum Geburtstag geschenkt.«
Christine Neubert lächelte. »Wir wissen inzwischen noch mehr.«
Die freundliche Sachlichkeit, mit der die Kriminalbeamtin sprach, tat Yildiz gut. Sie dachte: Die Frau hat mir geglaubt, hat meine Aussage nicht nur als Versuch abgetan, meinem Bruder zu helfen.
Sie erfuhr, daß die Leute von der Spurensicherung am Tatort auch abgeschnittene Haare gefunden hatten und

jede Menge Fußspuren. »An der Stelle, wo das Auto geparkt war, haben wir Reifenabdrücke gesichert. Das ist doch schon etwas, oder?«

Nach diesem Besuch bei der Kriminalpolizei war Yildiz nicht mehr ganz so niedergeschlagen. Sie berichtete ihrer Mutter davon und erzählte dann alles noch einmal ihrem Vater. Der redete nach langer Zeit zum ersten Mal wieder ein paar Sätze mit ihr. »Es ist alles sehr schlimm«, sagte er. »Aber wir sind unverschuldet in diese Situation hineingeraten. Trotzdem wird Murat verurteilt werden, weil er einen erschlagen hat. Das ist für das Gericht Fakt.«

Yildiz sprach auch mit Markus darüber. »Was ist, wenn dein Bruder mit dabei war, wenn sie das herausfinden?«

»Mein Bruder ist ein Nazi, ein Krimineller. Wenn sie ihn jetzt einsperren, bewahrt ihn das vielleicht vor schlimmeren Dingen.«

»Oder auch nicht«, sagte Yildiz. »Vielleicht würde er auch darüber nachdenken, wie er sich an uns rächen kann, an dir, an mir.«

Markus schüttelte nur den Kopf.

»Ich soll eine Therapie machen«, sagte Yildiz . »Die Neubert meint, das würde mir helfen.«

»Vielleicht hat sie recht«, überlegte Markus.

»Ich weiß nicht«, sagte Yildiz. »Immer und immer wieder darüber reden. Könntest du das durchstehen? Ich möchte lieber selbst damit fertig werden und nicht ständig darin rumrühren. Manchmal vergesse ich es ja auch für kurze Zeit.«

33.

Eines Nachts begann Serdal Toluk von seinen Sorgen zu reden. Sie lagen schlaflos im Bett, wie so oft in den letzten Wochen. »Ich kann dir nicht mehr in die Augen schauen, Fatma. Es ist alles schiefgegangen, und ich komme allein nicht mehr zurecht. Hilf mir, bitte ...«

Fatma Toluk legte ihre Hand auf die ihres Mannes. Sie dachte: Als ich ihm gesagt hatte, was sie mit Yildiz gemacht haben, hat er mich geschlagen. Immer wieder. Ich habe mich geduckt und versucht, seinen Schlägen auszuweichen. Dann habe ich ihn gefragt: »War das jetzt anders als die ohnmächtige Wut von Murat, mit der er auf die Kerle losgegangen ist?«

Sie hatte ihre blauen Flecke versteckt, so gut sie konnte. Yildiz sollte keinen Haß auf ihren Vater bekommen. Ihre Seele war ohnehin schwer verletzt worden. Auch wenn Jahre darüber vergehen würden, war nicht sicher, ob Yildiz das jemals überwinden konnte. Deshalb duldete sie auch stillschweigend, daß Markus kam und mit Yildiz allein in ihrem Zimmer war, manchmal sogar den ganzen Abend.

»Sag mir alles, was dich bedrückt«, bat Fatma ihren Mann. »Du weißt, daß ich dir helfe, wenn ich kann.«

Serdal Toluk streichelte ihre Hand. »Was ist nur aus dem geworden, was wir wollten, wofür wir in die Fremde gegangen sind!« sagte er. »Ich wollte stolz zurückkommen, etwas erreicht haben. Meine Familie sollte es besser haben als diejenigen, die zu Hause geblieben sind. Jetzt wird Musa mit Fingern auf mich zeigen. Dein Sohn sitzt im Gefängnis, deine Tochter ist entehrt, und für das Haus wirst du dich ein Leben lang abrackern. Gut, daß Vater das nicht mehr miterleben muß. Auch meiner Mutter kann ich

nicht mehr in die Augen schauen. Sie wird sagen: Warum hast du nicht auf deine Familie aufgepaßt, Sohn?«
»Dann bleib hier, Serdal. Wir waren zwanzig Jahre in der Fremde, vielleicht halten wir es auch noch ein paar Jahre länger aus.«
»Nein. Das geht nicht. Ich habe hier auch meine Ehre verloren.«
Als ob es nur um Ehre geht! dachte Fatma. Ihr Herz zog sich zusammen, wenn sie daran dachte, wie ihre Kinder litten. Murat saß in Untersuchungshaft, wahrscheinlich mit Deutschen zusammen in einer Zelle, die irgendwas verbrochen hatten. Aber er war Türke, Ausländer. Sie würden ihn behandeln wie den letzten Dreck, obwohl sie auch straffällig geworden waren. Wenn nur erst der Prozeß vorbei wäre! Aber es war immer noch kein Termin bestimmt worden.
Serdal hatte beschlossen, im Sommer den Laden an die Arslans zu übergeben. Sie hatten schon einen Vertrag miteinander gemacht. Spätestens Ende August würden sie zurückgehen. Auch wenn Murats Prozeß bis dahin abgeschlossen wäre, mußten sie Murat hier zurücklassen. Allein im Strafvollzug. Wie würde er damit zurechtkommen, wenn er nie Besuch bekam? Danach folgte bestimmt die Abschiebung, ohne abgeschlossene Berufsausbildung.
Sie dachte: Stolz und Ehre! Das ist doch nur noch Schein. Was gilt das heute noch?
Und sie hatte Angst heimzukehren. Yücel, ihre Schwester, war besser dran als sie. Ufuk mußte nicht so sehr für die daheimgebliebene Familie sorgen. Und seine einzige Tochter Pinat konnte besser Türkisch als Deutsch. Das Kopftuch hatte ihr nie irgendwelche Probleme bereitet, weil andere türkische Mädchen in ihrer Klasse auch damit in die Schule kamen. Freilich hatte Pinat auch nie den Ehrgeiz gehabt,

mehr als nur den Hauptschulabschluß zu schaffen. Das wäre die richtige Frau für Mehmet Türköz. An der hätte seine Mutter nichts auszusetzen wie an Yildiz.
An wen sie in dieser Nacht auch dachte, allen ging es besser, alle hatten eine Hoffnung, eine Zukunft. Wie aber sah ihre aus?

34.

Zum Schuljahresende hatte Yildiz das Versäumte fast wieder aufgeholt. Markus hatte ihr sehr dabei geholfen, auch Ulrike und Anne hatten mit ihr gepaukt. Egal, was war, ich will nicht als eine Versagerin in Amasya ankommen, nahm Yildiz sich vor.
Jutta Merkel überzeugte Yildiz vor allem davon, sich intensiver um ihre türkischen Sprachkenntnisse zu kümmern. »Dein ganzes Wissen nützt dir nichts, wenn du es niemandem beweisen kannst. Dazu brauchst du die Sprache. Du hast doch bestimmt türkische Bücher, Bildbände. Bring sie doch mal mit.«
Yildiz fühlte sich dadurch angespornt. Ihr fiel es nicht besonders schwer, sich türkische Vokabeln und Redewendungen einzuprägen, weil sie vieles schon konnte. Oft legte sie jetzt auch Kassetten mit türkischer Musik in ihren Recorder. Sie dachte: Wenn ich dort in die Schule gehen muß, will ich wissen, was da läuft. Ich hab' keine Ahnung, für welche Rockstars sie schwärmen und was sonst gerade in ist.
Ulrike ließ sich von Yildiz' Lerneifer anstecken und versuchte, ebenfalls ein paar Brocken der türkischen Sprache

zu lernen. »Für einen Urlaub reicht es. Ich werde dann vor eurem Haus stehen und fragen, ob ein Zimmer frei ist. Was heißt das auf türkisch?«
»Bos odaniz var mir, heißt das. Aber ich werde die deutsche Sprache nie verlernen«, sagte Yildiz lachend.
Wie lange wird es dauern, bis ich türkisch denke und türkisch träume? Wann werde ich meine Gedanken nicht mehr in die Stadt schicken, die als Geburtsort in meinem Ausweis steht?
Sie werden mich immer fragen: »Sind Sie im Ausland geboren? Wo liegt diese Stadt?« Und ich werde sagen: »In Deutschland. In der Nähe von Frankfurt.« Niemand wird wissen, daß diese Stadt zwischen zwei Gebirgen liegt und der Fluß fünfzig Kilometer weiter in den Rhein mündet. Sie haben keine Vorstellung davon, wie sich die kleinen Fachwerkhäuser der Altstadt an den Berg am Dom lehnen, den jeder sehen kann, der auf der Autobahn von Frankfurt nach Köln fährt. Und sie werden mich ausfragen über die Menschen, die dort leben, die Deutschen eben. Und was die Ausländer machen, vor allem die Türken. Denn viele von denen, die mich fragen, werden dahin wollen, nach Deutschland.

35.

Ihr Prozeß gegen die Skinheads wurde für Anfang Juli anberaumt. Der Termin wurde so zeitig gelegt, damit die Ergebnisse in der Verhandlung gegen Murat Toluk verwendet werden konnten. Drei der Täter standen vor Gericht, gegen einen konnte nicht verhandelt werden, weil er flüchtig war. Das Verfahren gegen einen weiteren wurde abgetrennt. Er wurde in einem anderen Verfahren wegen Brandstiftung angeklagt.

Als Yildiz aufgerufen wurde, um ihre Aussagen vor dem Gericht zu wiederholen, wurde die Öffentlichkeit ausgeschlossen. Gleich werde ich in ihre Gesichter sehen, dachte Yildiz. Ihr wurde übel, und sie hatte das Gefühl, ihre Beine könnten sie nicht durch den Saal bis zu dem Stuhl tragen, auf den sie sich als Zeugin setzen mußte. Nimm dich zusammen, Yili! Du mußt das durchstehen. In der ersten Reihe des leeren Saales saß Christine Neubert. Sie nickte ihr beruhigend zu.

Auf die Fragen des Richters zu ihrer Person antwortete sie mit leiser zittriger Stimme.

»Erkennen Sie einen der Angeklagten wieder?«

Vor diesem Augenblick hatte sich Yildiz am meisten gefürchtet. Sie schaute die drei Jungen auf der Anklagebank an. Die blickten an ihr vorbei. Yildiz dachte: Niemand würde ihnen zutrauen, was sie getan haben. Die meisten würden sagen: Junge Leute, wie andere auch. Bißchen verrückt mit ihren Glatzen. Aber Kriminelle?

Yildiz versuchte, in den Gesichtern zu lesen. Aber das war wie eine Wand, hinter die sie nicht schauen konnte. Masken.

»Nein«, sagte sie. »Ich erkenne keinen wieder. Sie trugen alle Masken.«

Der Richter machte sich Notizen, die Beisitzer nickten.

»Die Angeklagten haben die Tat gestanden, Zeugin Toluk. Aber wir müssen Sie auch dazu befragen. Bitte schildern Sie, was an dem Tag passiert ist.«

Yildiz begann stockend und leise. Manchmal schien ihr die Stimme zu versagen, manchmal war sie nahe daran zu

weinen. Als sie zufällig zu den Angeklagten hinübersah, erschrak sie über deren kalte, gelangweilte Gesichtsausdrücke. Keine Regung war darin. Masken, dachte sie, und hinter den Masken nochmals Masken. Ich werde sie ihnen herunterreißen. Ich werde mich an alles erinnern, an das Klebeband an meinen Händen, auf meinem Mund. An das Messer, die Pistole, an ihre Musik und jedes ihrer Worte. Als sie alles gesagt hatte, sah sie nochmals zu den Jungen hinüber. Aber an deren Gesichtsausdruck hatte sich nichts geändert.
Sie atmete erleichtert auf, als sie entlassen wurde. Christine Neubert begleitete sie nach draußen. »Soll ich bei Ihnen bleiben?«
»Nein, es geht schon. Danke für alles. Vor allem dafür, daß Sie mir geglaubt haben.«
Christine Neubert zündete sich eine Zigarette an.
»Was wird jetzt aus denen?« fragte Yildiz.
»Sie werden verurteilt und ins Gefängnis gehen. Aber ob sie dadurch anders werden, ist fraglich. Werden Sie abgeholt?«
»Ja. Meine Eltern warten dort. Und was wird aus meinem Bruder?«
»Er wird auch sein Urteil bekommen, Yildiz. Da ist ein Mensch gestorben. Aber das Ergebnis der heutigen Verhandlung werden die Richter berücksichtigen.«
»Er wollte bestimmt keinen töten«, sagte Yildiz. »Murat ist kein Totschläger. Er wollte einfach zeigen, daß er keine Angst vor ihnen hat. Daß niemand Angst haben muß. Können Sie das nicht verstehen?«
Christine Neubert sagte ernst: »Und wenn das alle so machen würden? Man kann auch anders beweisen, daß man keine Angst hat. Und er hätte Ihnen auch besser helfen können. Nicht mit Rache. Ihre Blutrache, oder was es auch

immer ist, gehört in eine andere Zeit. Und mit Fäusten und Messern sind vielleicht früher Probleme gelöst worden. Aber jetzt?«
»Fragen die Skins danach?« Yildiz verabschiedete sich von der Kriminalbeamtin. »Wenn alle so wären wie Sie, Frau Neubert.«

36.

Fatma Toluk packte in die Umzugskartons, was sie mit den Möbeln per Spedition in die Türkei schicken wollte. Tayfun Arslan, der mit Onkel Ufuk weitläufig verwandt war und das Geschäft übernahm, stand neben Serdal Toluk im Laden. Seine blutjunge Frau Birhan konnte nur ein paar Brocken Deutsch sprechen. Yildiz erklärte ihr, wie sie hier verkaufen konnte. »Du mußt die Sprache lernen«, sagte sie immer wieder zu Birhan. »Sonst bist du verloren!«
Birhan hing Fatma Toluk regelrecht am Rockzipfel. Sie wollte alles in der kurzen Zeit lernen, in der Fatma noch da war. Auch Yildiz fragte sie ständig aus. »Ich war so neugierig auf Deutschland«, gab sie zu. »Und ich will doch alles richtig machen, damit Tayfun es leicht hat.«
»So jung war ich auch, als wir hierherkamen«, sagte Fatma. »Ich habe mich in Deutschland eingewöhnt, weil ich es wollte. Bei Birhan wird das schnell gehen . . .«
Ein Hustenanfall unterbrach das Gespräch. Yildiz dachte: Seit Mama so große Sorgen hat, ist auch ihre Bronchitis wieder schlimmer geworden. Sie verkrampft sich und kriegt dann keine Luft. Und das mit dem Eingewöhnen hat

sie sicher nicht nur wegen Birhan gesagt. Auch ich werde mich eingewöhnen müssen, daheim in Amasya. Es wiederholt sich alles. Immer wieder. In zwanzig Jahren wird Birhan vielleicht ihren Kindern sagen müssen: Wir haben beschlossen, in die Türkei zurückzugehen.

Mit dem Packen ließ Yildiz sich Zeit. Sie wollte nicht auf gepackten Koffern sitzen und warten. Die Möbel aus ihrem Zimmer blieben sowieso da. Es wurde nur das mit der Spedition versandt, was lohnte. Ihre Sachen waren es nicht mehr wert. Und das, was ihr wirklich etwas bedeutete, paßte in zwei Koffer.

In zwei Wochen war der Prozeß gegen Murat. Die Anklage lautete auf schwere Körperverletzung mit tödlichem Ausgang, also nicht auf Totschlag oder Mord. Dr. Schindler machte ihnen aber keine Hoffnung, daß es eine Verurteilung auf Bewährung werden könnte.

Yildiz dachte: Murat wird also vorbestraft sein. Sie konnte sich nicht in seine Gedanken versetzen und wußte nicht, wie er damit fertig wurde, daß Gerlach gestorben war. Vielleicht wechselte der Haß auch in Nachdenken?

Markus war als Zeuge im Prozeß gegen Murat geladen.

»Was wirst du aussagen?« fragte Yildiz.

»So, wie es gewesen ist. Was sonst? Ich weiß es auch nur von seinen Freunden. Murat hat sich gewehrt wie ein Hund, der um sich beißt. Die Skins haben gegrölt, ihn verhöhnt, nach ihm getreten. Da ist er durchgedreht. Das Messer hatten sie ihm doch gleich aus der Hand geschlagen. Ich denke, Murat wollte sowieso nur damit drohen.«

Yildiz wußte, daß Markus alle Zeitungsausschnitte sammelte, die mit den Rechtsradikalen zu tun hatten. Er hatte vor, für die Schule eine Dokumentation zu machen. Yildiz war skeptisch. »Was bringt das?« fragte sie. »Denkst du etwa, daß du mehr erreichst als die Zeitungen, die Dokumentarfilme im Fernsehen? Du verzettelst deine Zeit, deine Kraft.«

»Nein«, antwortete Markus, »aber ich erreiche vielleicht die, die keine Zeitung lesen, die sich im Fernsehen nur die Musikvideos ansehen. Wenn ich es schaffe und die Ausstellung in das Treppenhaus der Schule kommt, dann müssen alle daran vorbei. Und irgendwann sieht jeder mal hin!«

»Auch Sven?«

Markus nickte. »Ja, auch Sven.«

Yildiz schüttelte den Kopf. »Hast du gesehen, wer alles aus unserer Schule gekommen ist, wer sich für dieses Gerichtsverfahren interessiert hat? Klar – wenn meine Aussage nicht unter Ausschluß der Öffentlichkeit gewesen wäre, hätte das einige mehr angelockt. So eine Folterszene und die Heldin live, fast zum Anfassen, das hätte gereizt. Aber so? Ein paar Glatzen, ein paar alte Herrschaften als Richter, Ankläger oder Verteidiger, damit lockst du niemanden vom Fernseher weg, wenn gerade ein Action- oder Horrorfilm läuft. Hab' ich nicht recht?«

Markus wollte widersprechen. Aber er sagte nichts.

37.

Nach etlichen Regentagen war es noch einmal sehr heiß geworden. »Komm, wir fahren raus!« sagte Mark. Er wollte Yildiz ablenken, sie auf andere Gedanken bringen.

Yildiz holte ihr Rad aus dem Keller, und sie fuhren aus der Stadt. Am Fluß fanden sie eine Stelle, an der kaum Leute

vorbeikamen. Sie lehnten ihre Räder an einen Baum und legten sich in den Schatten. Yildiz verschränkte ihre Arme unter dem Kopf und schaute in den Himmel. Das ist fast schon wie Abschiednehmen, dachte sie. Und dabei denke ich, es müßte jeden Augenblick jemand zu mir sagen: Wach auf, Yili. Das träumst du alles nur.
»Warum hattest du mir nicht schon früher von Ben erzählt?« fragte Yildiz plötzlich. »Als wir das erste Mal im Kino waren. Oder du mich zum Eis eingeladen hast?«
»Ich hatte Angst . . .«
»Angst, immer wieder Angst«, sagte Yildiz, und sie wunderte sich, wie ruhig sie das aussprach. »Die Angst hat uns klein gemacht und wach, verletzbar und blind. Die Angst hat das Lachen verdrängt, die Freundschaft, einfach alles.«
Aber sie hatte ja selbst nicht anders reagiert.
Erst hatte ich Angst, meinen Eltern von den Anpöbeleien zu erzählen, dachte sie, dann verschwieg ich alles andere. Und als Murat davon erfuhr, rastete er aus. Auch aus Angst, was aus uns werden soll.
»Seid wann ahntest du eigentlich, daß Ben die Skins auf mich gehetzt haben könnte? Warum hast du damals den Mund nicht aufgemacht? Auch aus Angst?«
Markus griff nach ihrer Hand. »Hältst du mich jetzt für einen Schlappschwanz? Ich wußte nicht, wie weit Ben gehen würde.«
Yildiz drehte sich zu ihm und sah ihn an. »Bitte sei ehrlich, Mark: Mit deiner Dokumentation über die Skins willst du doch nur dein schlechtes Gewissen beruhigen.«
Aber er hielt ihrem Blick nicht stand. Er sah in den Himmel, und seine Mundwinkel zuckten.
Ach, Mark, dachte Yildiz, vor wenigen Monaten warst du noch so groß in meinen Augen. Was du gesagt hast, habe ich geglaubt. Und ich habe mir wegen dir nichts vorschrei-

ben lassen von Murat oder meinen Eltern. Aber es ist viel passiert. In der kurzen Zeit bin ich um vieles älter und klüger geworden.
»Nicht mehr streiten«, bat Mark plötzlich. »Uns bleibt nur noch so wenig Zeit miteinander. Wir werden uns lange nicht sehen. Aber wir werden uns schreiben, miteinander telefonieren, uns in den Ferien wiedersehen . . .«
»Ach, Mark! Alles wird anders kommen.«
»Ich glaube aber daran, Yili. Du machst deine Schule in Amasya fertig und ich hier. Beim Studium sieht das dann schon wieder ganz anders aus. Wir werden einen Weg finden, ganz bestimmt.«
Yildiz dachte: Es ist sicher leichter, sich mit einer solchen Hoffnung zu trennen. Sonst könnte man es nicht aushalten. Vielleicht behält Mark ja recht, und wir finden wieder zusammen. Später einmal. Irgendwann. Irgendwo.

38.

Zum Prozeß gegen Murat Toluk war auch die Mutter von Eckart Gerlach gekommen. Yildiz ging in einer Verhandlungspause zu ihr, nachdem sie ihren Eltern gesagt hatte, wer diese Frau ist. »Erinnern Sie sich an mich?«
Frau Gerlach stand allein an einem Fenster im Flur. Sie sah sie nur kurz von der Seite an. »Ja.«
»Murat hat das nicht gewollt . . .«
Frau Gerlach musterte sie. Jetzt waren ihre Augen ohne jedes Mitleid. »Totgeschlagen hat er meinen Ecki. Einfach so! Mit dem Kopf auf die Fliesen gehauen hat er ihn. Ihr

Bruder ist ein Mörder! Er hat meinen Ecki auf dem Gewissen!«

Yildiz erschrak über den Haß und die Worte, die ihr entgegenschlugen. Hatte sie vergessen, was die Skins mit ihr gemacht hatten? Nach der Beerdigung hatte sie zugehört, fast Mitleid mit Yildiz gezeigt. Aber jetzt? Frau Gerlach drehte ihr Gesicht weg und sah starr nach vorn. »Lassen Sie mich in Ruhe. Ich weiß, Ihr Bruder ist nicht besser als die anderen. Unter seinen schwarzen Locken hat er nur eine andere Art von Glatze!«

Die Verhandlungspause war zu Ende. Bedrückt ging Yildiz mit ihren Eltern wieder in den Saal zurück. Sie versuchte, sich auf das zu konzentrieren, was der Gutachter der Gerichtsmedizin vorbrachte. Aber sie konnte ihre Gedanken nicht zusammenhalten. Die Worte von Frau Gerlach hatten sie zutiefst getroffen. Warum hassen Menschen einander? dachte sie verwirrt.

Zwei Tage später wurde das Urteil gegen Murat verkündet. Drei Jahre und sechs Monate Gefängnis. Ohne Bewährung. Serdal Toluk hörte mit versteinertem Gesicht die Urteilsbegründung. Er verließ den Gerichtssaal, ohne noch einen Blick auf seinen Sohn zu werfen. Yildiz und ihre Mutter konnten ein paar Worte mit Murat wechseln. Als sie wenig später auf den Flur kamen, saß Serdal zusammengekrümmt und aschgrau im Gesicht auf einer Bank. Er rang nach Luft und hielt die Hand auf die linke Brustseite.

»Schnell! Einen Arzt!« rief jemand.

Yildiz rannte in eines der Zimmer und stammelte: »Wir brauchen einen Arzt! Bitte! Mein Vater hat einen Herzanfall!«

Kurz darauf war der Notarzt da. »Wahrscheinlich Infarkt«, sagte er kurz. Fatma Toluk fuhr im Notarztwagen mit ins Krankenhaus.

Yildiz stand plötzlich ganz allein da. Selbst Dr. Schindler war inzwischen gegangen. Sie ging nach Hause und verkroch sich in ihrem Zimmer: Papa darf nicht sterben! dachte sie immer wieder. Was wird denn aus uns, wenn er stirbt! Ich hab' ihn doch lieb.
Sie heulte ihre Angst in das Kissen und wußte nicht mehr, wie lange sie so auf ihrem Bett gelegen hatte, als Birhan die Hand auf ihren Kopf legte. »Was ist passiert, Yili?«
»Mein Vater! Sie mußten ihn ins Krankenhaus bringen. Ich habe so schreckliche Angst um ihn.«
»Geh ins Krankenhaus«, sagte Birhan. »Du mußt bei deiner Mutter sein. Und bei deinem Vater.«
Yildiz nickte nur. Ein paar Minuten später war sie auf dem Weg dorthin. Als sie die steile Abkürzung zum Krankenhaus am Berg nahm, betete sie: Gott oder Allah! Ich weiß nicht, welchen Namen ich dir geben soll. Laß alles gut werden, bitte. Laß meinen Vater nicht sterben! Keuchend kam sie oben an. Sie war zu schnell gelaufen.
An der Aufnahme wies man sie in die Kardiologie. Im Warteraum fand Yildiz ihre Mutter. »Sie haben Vater auf die Intensivstation gebracht. Ich darf ihn nachher kurz sehen. Warum hat er nur immer alles in sich reingefressen! Alles wollte er mit sich selber abmachen! Da muß ja das Herz kaputtgehen!«
Yildiz dachte: Was soll ich dazu sagen? Sie erinnerte sich an den Streit, den ihr Vater mit Musa gehabt hatte. Wenigstens einmal hatte er sich für seine Familie durchgesetzt. Aber welche Kraft mußte ihn das gekostet haben! Und nun stand er vor den Scherben seines Lebens. War das nicht Grund genug zusammenzubrechen?
Sie wünschte in diesem Augenblick nichts mehr, als daß Vater seinen Traum von dem eigenen Haus mit der Wiese voller Apfelbäume erleben würde.

Er darf nicht sterben. Er ist doch nicht schuld daran, daß alles so gekommen ist. Er wollte doch immer nur das Beste. Und sicher hat er recht, wenn er uns zurückbringen will. Für ihn ist die Türkei immer seine Heimat gewesen. Soll er jetzt hier sterben?
»Es geht ihm besser«, sagte der Arzt. »Aber er braucht viel Ruhe. Sie können für ein paar Minuten zu ihm. Wirklich nur kurz!«
Yildiz und ihre Mutter bekamen sterile Kittel.
Serdal Toluk versuchte zu lächeln, als die beiden ins Zimmer kamen. Er war an eine Menge Geräte angeschlossen. Yildiz streichelte seine Hand. »Was ist mit Murat?« fragte Serdal.
Fatma Toluk küßte ihn auf die Stirn. »Er wird bald wieder bei uns sein. Dr. Schindler wird Berufung gegen das Urteil einlegen.«
Yildiz lächelte ihrem Vater aufmunternd zu. »Werde schnell gesund, Papa.« Dann beugte sie sich zu ihm hinunter und gab ihm auch einen Kuß.

39.

Dr. Schindler hatte auf Murats Wunsch keine Berufung gegen das Urteil eingelegt. »Ich will das hinter mir haben und nicht immer auf etwas warten. Die Chance, daß sich was am Strafmaß ändert, ist sowieso gleich Null. Oder?«
Murat wurde in den Strafvollzug überführt. Seine Zelle teilte er mit einem, der nicht viel älter war als er. Doch der hatte schon ein halbes Jahr seiner Strafe verbüßt.

»Weswegen?« fragte Murat, als er seine Sachen in den Spind räumte.
»Geklaut«, sagte der andere. »Autos. Und ins Ausland verschoben.«
»Deutsche klauen Autos für Ausländer!« Murat lachte bitter. »Und warum? Wegen Geld?«
Jetzt lachte sein Zellengenosse. »Wofür denn sonst? Denkst du vielleicht aus Nächstenliebe? Kurzer Trip über die Grenze, und du hast ein paar Scheinchen mehr in der Tasche.«
Murat setzte sich auf sein Bett. »Ich versteh' was von Autos«, sagte er. »Kann meine Lehre aber jetzt nicht zu Ende machen. Auf die Idee, Autos zu klauen, wäre ich nie gekommen.«
»Ich bin Jens«, sagte der andere. »Heute würde ich den Quatsch auch nicht mehr machen. Die haben mich einfach hochgehen lassen. Was hast du ausgefressen?«
Murat erzählte, was passiert war. »Die hatten es doch drauf angelegt zu provozieren. Die haben Lieder gegen uns Türken gegrölt und daß man unseren Mädchen die Köpfe kahlscheren müßte wie früher den Judenweibern. Meiner Schwester haben sie die Haare abgeschnitten, diese Schweine. Da hab' ich rot gesehen . . .«
»Na, beruhig dich!« sagte Jens, als er merkte, wie Murat sich aufregte. »Da hast du dich aber auch saudämlich angestellt. Ich denke, ihr Türken haltet alle so zusammen. Konntet ihr das nicht anders regeln?«
Murat sagte: »Jetzt ist sowieso alles egal. Heute würde ich das auch anders machen. Und wenn ich selber dabei draufginge. Mir bleibt doch nur noch: Ab in die Türkei! Und die können hier weitermachen. Ausländer klatschen.«
»Du wolltest deine Schwester rächen«, meinte Murats Mithäftling. »Und jetzt bist du es, der im Knast sitzt, nicht die Glatzköpfe.«

Murat hörte kaum noch zu. Ist doch sowieso alles egal, dachte er verzweifelt und starrte das vergitterte Fenster an. Irgendwann werden sie mich abschieben. Oder sie lassen mich hier die Hälfte abreißen und schmeißen mich dann raus. In Deutschland kann ich nicht mehr bleiben. Was soll ich auch hier? Ich bekäme doch nicht mal mehr Arbeit. Musa würde mich vielleicht als Held feiern, wenn ich in die Türkei zurückkomme, weil ich meine Schwester gerächt habe. Aber sie dürften ihm nicht sagen, warum ich mich mit den Skins geprügelt habe. Es wäre nicht gut für Yildiz.

Murat war froh, als abends das Licht ausging und sein Mithäftling endlich aufhörte, ihm Geschichten von geklauten Autos zu erzählen.

40.

Bei den Besuchen im Krankenhaus wechselten sich Yildiz und ihre Mutter ab. Seit Serdal Toluk nicht mehr auf der Intensivstation lag, war er ungeduldig, wollte entlassen werden. Die Ärzte lehnten es ab. Fatma wußte, daß das Leben ihres Mannes nur an einem Faden gehangen hatte. Zusammen mit Yildiz entwickelte sie einen Plan, der ihn gedanklich beschäftigen und ablenken sollte.

»Ufuk wird sich dahinterklemmen, damit der Bau nächstes Jahr fertig wird. Die Genehmigungen hat er schon. Ich habe mit ihm telefoniert. Aber ich muß mich selbst auch noch um einiges kümmern. Bevor Vater nicht halbwegs gesund ist, können wir sowieso nicht zurückgehen. Seine Gesund-

heit muß stabil sein. Da kommt zuviel auf ihn zu, womit er fertig werden muß.«
Yildiz wußte nicht, ob sie sich über diese Verzögerung freuen sollte oder nicht. »Das bedeutet, daß ich im September wieder in meine Schule gehe?«
»Entweder das, oder du wohnst bei Großmutter und besuchst die Schule in Amasya, für die wir dich ja schon angemeldet haben. Du kannst das selbst entscheiden, Yili.«
Yildiz entschied sich zu bleiben. Es war keine schwere Entscheidung, viel komplizierter wäre es gewesen, allein in die Türkei vorauszufahren. »Ich kann in dieser Zeit meine Sprachkenntnisse hier noch verbessern«, sagte sie. »Es ist gut, wenn ich noch hierbleibe.« Das war jedoch nicht der Grund. Sie wußte, daß sie dadurch den Abschied hinauszögern konnte. Das Wichtigste aber war für sie: Mark und ich haben noch Zeit füreinander.
Sie lief noch am gleichen Nachmittag, an dem sie mit ihrer Mutter gesprochen hatte, zu Markus. Sie wollte seine Freude darüber sehen, daß sie noch bleiben konnte, das Leuchten in seinen Augen.
»Du bleibst hier? Du bleibst hier?« fragte er immer wieder fassungslos. Zum ersten Mal nach langer Zeit erlebten sie wieder einen unbeschwerten Nachmittag. Sie hörten ihre Lieblings-CDs, küßten sich, machten Pläne. »Und wer weiß, was nächstes Jahr ist, Yili!«
Yildiz kuschelte sich an Markus und dachte: Ja, wer weiß.
Ihre Mutter entwickelte eine Aktivität, die beängstigend war. Als Serdal Toluk wieder auf dem Weg der Besserung war, buchte sie einen Flug in die Türkei. »Kommst du ohne mich ein paar Tage zurecht, Yili?«
Yildiz grinste: »Klar, Mama. Ich habe nicht mal Zeit, dich zu vermissen. Was ich alles machen soll! Bleib, solange du bleiben mußt. Ich werde Papa jeden Tag besuchen, und du

kannst mich ja abends anrufen. Ich passe schon auf mich auf!«
Fatma Toluk rannte herum wie eine Glucke, bis Yildiz laut lachte. »Mama, du willst doch nicht ein ganzes Jahr lang fortbleiben!«
Es war der letzte Tag vor dem Ende der Sommerferien. Yildiz begleitete ihre Mutter im Zug zum Flughafen nach Frankfurt. Sie war froh, als die Maschine nach Ankara endlich abhob und dann nur noch als kleiner Punkt am Himmel zu sehen war. Sie wollte den Tag in der Großstadt verbringen, ohne irgendein Ziel. Mit der S-Bahn fuhr sie bis zur Konstablerwache und schlenderte dann durch die Fußgängerzone. Es war Sonntag, und die Geschäfte waren geschlossen. Trotzdem herrschte reges Treiben. Schade, daß Mark jetzt nicht hier ist, dachte sie. Wir könnten Eis essen, Schaufenster anschauen, einfach bummeln oder in eine Pizzeria gehen. Sie war drauf und dran, ihn anzurufen und ihn zu bitten, daß er mit dem nächsten Zug kommen sollte. Einen Abend mit Mark hier in der großen Stadt – das wäre wunderbar!
Sie betrachtete sich in einer Schaufensterscheibe. Ja, sie war hübsch. Zum ersten Mal nach langer Zeit akzeptierte sie sich wieder. Sie straffte ihren Rücken und holte tief Luft. Es tat ihr gut, in dieser Stadt einfach so zu laufen, die Leute zu beobachten. Ihr gefielen die Buntheit, das selbstverständliche Nebeneinander, die Ungezwungenheit. Eine ganze Weile hörte sie einem Straßenmusikanten zu, um den sich die Leute im Halbkreis gestellt hatten. Es war ein Engländer, und er brachte mit seinen Späßen alle zum Lachen. Yildiz legte zehn Mark in seinen Hut. Als er sie überrascht anschaute, lachte sie ihn einfach an.
Abends fuhr sie mit der S-Bahn zum Hauptbahnhof. Dann stieg sie in den Nahverkehrszug. Sie sah die Graffiti an den

vorbeiziehenden Wänden. Sie waren fröhlich bunt und manche fast künstlerisch. Auch Sprüche waren darunter. Hier wurden die Graffiti nicht weggeschrubbt. Sie dachte: In Amasya habe ich das nicht gesehen. Aber in Ankara und in Istanbul gibt es so was sicher auch.
Als der Zug in den Bahnhof einfuhr, stand Markus am Bahnsteig. »Ich dachte schon, du kommst überhaupt nicht mehr«, sagte er. »Das ist der dritte Zug, von dem ich dich abholen will . . .«
Yildiz fiel ihm um den Hals. »Ach, Mark! Es war herrlich in Frankfurt. Ich wollte dich schon anrufen, damit du hinkommst.«
»Warum hast du es nicht gemacht?« Markus strahlte, und seine Enttäuschung darüber, daß er so lange vergeblich auf sie gewartet hatte, verflog. »Na, dann beichte mal!« sagte er lachend.

41.

Yildiz war plötzlich der Mittelpunkt der Klasse. »Prima, daß du doch noch hierbleibst.« Sie hatte weiche Knie gehabt, als sie nach den Sommerferien wieder in ihre Schule gegangen war. Mit Ulrike und Anna hatte sie vorher schon telefoniert. Aber sie fürchtete sich vor den Fragen, die man ihr stellen würde. Über die Prozesse gegen die Skinheads und ihren Bruder Murat war in den Zeitungen berichtet worden. Ihr Name kam nirgends vor, aber daß es um sie ging, konnten sich alle zusammenreimen. Jutta Merkel, ihre Klassenlehrerin, nahm ihr die Angst.

Sie informierte gleich in der ersten Stunde alle sehr sachlich. Dann konnte jeder sagen, was er dachte. Auch Yildiz. Sie sprach zum Schluß der Stunde. »Ich habe daraus gelernt, daß es falsch ist zu schweigen. Die anderen denken dann, solchen, die sich alles gefallen lassen, geschieht es ganz recht. Es hat mich sehr viel Überwindung gekostet, mit euch darüber zu reden. Fragt mich jetzt nicht noch weiter aus. Und Mitleid will ich auch nicht. Das war's.«

Markus hatte sich einfach neben sie gesetzt. Ulrike war mit Stefan hinter ihnen. Auch die anderen in der Klasse hatten zum neuen Schuljahr teilweise die Plätze gewechselt. Sie wollten zeigen, wer jetzt zusammengehörte. Die Zeit der Heimlichkeiten war längst vorbei. Sie wurden langsam erwachsen.

Als Yildiz am ersten Tag nach dem Unterricht die Klasse verließ, ging sie zu Jutta Merkel.

»Tesekkür, Frau Merkel.«

Die Lehrerin schaute auf. »Was heißt das, Yildiz?«

»Das heißt danke. Auf türkisch.«

Auch mit ihrem Vater sprach Yildiz jetzt teilweise türkisch, wenn sie ihn nachmittags besuchte. Er machte sich große Sorgen, wie es weitergehen sollte. »Hör auf, dich damit zu belasten, Papa. Es geht schon alles klar. Du weißt gar nicht, was für ein Schatz Mama ist. Hat sie dich angerufen? Aus Amasya?«

»Ja. Aber es war eine schlechte Verbindung. Zweimal brach die Leitung zusammen. Weißt du etwas Neues?«

Yildiz erzählte ihrem Vater vom ersten Schultag nach den Sommerferien, legte ihm einen Brief hin, den Murat geschrieben hatte, und sagte: »Die Arslans lassen dein Ladenschild dran, bis wir zurückfahren. Wir haben uns auch wegen der Wohnung geeinigt. Es geht, wenn wir alle ein

bißchen zusammenrücken. Murats Sachen habe ich in mein Zimmer genommen.«
»Ihr braucht mich ja gar nicht mehr«, meinte Serdal Toluk. Seine Stimme war noch leise und klang müde. Aber seine Augen glänzten, wenn Yildiz ihm vom Bau des Hauses in Amasya erzählte. »Spätestens nächstes Jahr im Sommer können wir einziehen.«
Serdal Toluk überflog immer wieder Murats Brief. Plötzlich holte er seine Tochter ganz nahe zu sich heran und fragte leise: »Und du, Yili, kleiner Stern? Wirst du nicht traurig sein, wenn wir für immer von hier weggehen? Wirst du deinen Vater nicht als Versager ansehen?«
»Du bist kein Versager, Vater«, antwortete Yildiz. »Wir werden alle mithelfen, uns ein neues Zuhause zu schaffen. Du mußt nicht immer die ganze Verantwortung allein tragen wollen.«

42.

Vor dem Tag, an dem sich der Überfall der Skinheads jährte, hatte Yildiz Angst. Am liebsten hätte sie sich verkrochen. Doch dann dachte sie: Es ist Vergangenheit, ein für allemal!
Es war Sonntag. Sie saß mit der Mutter beim Frühstück. Vater war zur Kur. Und die Arslans räumten im Laden auf. Sie waren unermüdlich, sogar am Sonntag arbeiteten sie. Plötzlich stand Markus mit einem Rosenstrauß in der Küchentür.
»Was ist denn mit dir los?« fragte Yildiz erstaunt.
Markus wickelte umständlich das Papier von den Rosen.

»Ich will dir eine Freude machen. Jetzt ist das alles vorbei, und ich dachte – heute vor einem Jahr . . .«

Fatma Toluk riß ihm den Rosenstrauß aus der Hand, warf ihn auf den Boden und fauchte Markus wütend an: »Du bist wohl nicht bei Verstand, Mark! Alles vorbei! Mein Mann hat einen Herzinfarkt gehabt, Murat sitzt im Gefängnis, und Yildiz –«

»Mama!« Yildiz unterbrach ihre Mutter und hob die Blumen auf. »Mark hat das doch nur lieb gemeint.«

Fatma schüttelte stumm den Kopf.

»Mama«, bat Yildiz.

Da gab sie Mark die Hand und sagte leise: »Entschuldige, Mark, aber ich kann nicht so einfach vergessen.«

Yildiz zog Markus aus der Küche und die Treppe hinauf in ihr Zimmer. Markus stotterte verlegen: »Ich wollte dir einfach nur eine Freude machen, Yili . . .«

Yildiz legte ihm den Finger auf den Mund. »Ich freue mich, Mark.«

Sie stellte die Rosen in eine Vase und holte Wasser. Als sie zurückkam, zog Markus sie an sich. »Ich bin doch nur froh, daß du noch da bist, Yili. Stell dir vor, ich müßte dir jetzt lange Briefe schreiben und mein ganzes Taschengeld vertelefonieren.«

Yildiz lachte. Markus war so ein großer Junge und so ein kleines Kind . . . Sie nahm seinen Kopf in die Hände und drückte ihm einen Kuß mitten auf den Mund.

Weitere Bücher von Isolde Heyne

Wenn die Nachtigall verstummt

Maret ist sechzehn – sie wird bald sterben. Die bewegende Geschichte eines jungen Mädchens, das infolge der heutigen Umweltsünden um seine Existenz kämpfen muß.
176 Seiten. Gebunden. Ab 13

...und keiner hat mich gefragt

Die DDR vor dem 9.11.1989. Inka lebt in einem Kinderheim. Warum sie keine Adoptiveltern findet, wird ihr klar, als sie erfährt, daß ihre Mutter eine »Republikflüchtige« ist...
Arena-Taschenbuch. Band 1511. Ab12

Treffpunkt Weltzeituhr

Erzählt werden Inkas erste Jahre in der Bundesrepublik und ihr schwieriger Weg in die Integration.
Ausgezeichnet mit dem Deutschen Jugendliteraturpreis!
Arena-Taschenbuch. Band 1672. Ab 12